OS ÓCULOS DO POETA

E OUTRAS CRÔNICAS DE CIRCUNSTÂNCIA

LUCIANO
ALBERTO
DE CASTRO

KOTTER
EDITORIAL

Coordenação Editorial: Sálvio Nienkötter
Editor-Executivo: Claudecir de Oliveira Rocha
Editor-adjunto: Daniel Osiecki, João Lucas Dusi
Capa: Jéssica Iancoski
Design editorial: Carlos Garcia Fernandes
Produção: Cristiane Nienkötter
Revisão e preparação de originais: O Autor

Dados Internacionais de Catalogação na Publicação (CIP)
Angelica Ilacqua CRB-8/7057

Castro, Luciano Alberto de
Os óculos do poeta e outras crônicas de circunstância / Luciano Alberto de Castro. — Curitiba : Kotter Editorial, 2023.
168 p.

ISBN 978-65-5361-195-5

1. Crônicas brasileiras I. Título

CDD B869.8

23-1710

KOTTER EDITORIAL

Kotter Editorial Ltda.
Rua das Cerejeiras, 194
CEP: 82700-510 - Curitiba - PR
Tel. + 55(41) 3585-5161
www.kotter.com.br | contato@kotter.com.br

Feito o depósito legal
1ª Edição
2023

OS ÓCULOS DO POETA

E OUTRAS CRÔNICAS DE CIRCUNSTÂNCIA

LUCIANO
ALBERTO
DE CASTRO

Agradeço a Eveni Dias e Cynthia Feitosa
pelas suas inestimáveis contribuições na
revisão deste livro.

Para Iracele, porção inseparável de mim, que por conta de uma alegria que não cabia neste mundo, teve de alçar seu voo majestoso. Ficou-me a ausência filtrada, decantada pelo tempo, sem o cansaço desta vida, ausência concentrada e dorida como uma flecha no peito. Ficaram-me os rastros do inefável, dos quais me sustento. Ficou o nosso amor castiço, diáfano e indestrutível.

Meu fado é o de não saber
quase tudo. Sobre o nada eu tenho
profundidades.

Manoel de Barros

O CÉU DA BOCA E OUTROS ESPAÇOS DEMASIADAMENTE HUMANOS

Na crônica "Dentistas e coelhos", Luciano Alberto de Castro, depois de constatar a disparidade entre o número significativo de médicos que foram também "inventores" e o número acanhado de dentistas que poderiam ser arrolados na categoria centáurica dos cientistas artistas, desenvolve a teoria determinista do "comportamento cunicular". Feito coelho habituado à toca, o dentista, condicionado, desde a faculdade, a trabalhar em espaços físicos restritos e a focar na boca do paciente, vai, com o tempo, se afeiçoando cada vez mais aos espaços exíguos e circunscrevendo seus interesses apenas à profissão. Defende o autor a necessidade de o profissional se abrir a outros saberes, mormente o das artes, como uma prática salutar para, inclusive, refinar a sensibilidade para o exercício do próprio ofício.

Não vou discutir a divertida teoria do "comportamento cunicular", que tendo a relativizar por entender que o buraco do coelho está mais embaixo, isto é, na substituição de uma educação mais humanista, que reconhecia o papel imprescindível das artes e, sobretudo, da literatura, para a formação mais completa e ampla do indivíduo, independentemente de sua área de atuação, por uma educação mais tecnicista e especializada. Também, contemporaneamente, não é só o dentista que está confinado à sua toca, mas os médicos e profissionais de outras áreas. Tanto é que poderia alongar bastante a lista, que Luciano apresenta na crônica citada, de médicos escritores (Jorge de Lima, Guimarães Rosa, Pedro Nava, Dráuzio Varela), mas recorrendo a nomes do passado, como Friedrich Schiller, Joaquim Manuel de Macedo, Conan Doyle, Miguel Torga e Tchekhov. Mais recentemente, me lembro, de imediato, no Brasil, apenas do saudoso Moacyr Scliar e de Ronaldo Correia de Brito, este autor do belo *Livro dos homens* e aquele um grande e profícuo contador de histórias.

Assim, um caso como o de Luciano Alberto de Castro, odontólogo, especialista em Periodontia e Estomatologia, professor da Faculdade de Odontologia da Universidade Federal de Goiás, cronista, contista, poeta e autor deste *Os óculos do poeta e outras crônicas de circunstância* é antes uma feliz exceção em uma sociedade que estratifica e aparta os saberes como forma de alienação e dominação. Este livro é obra de um homem para quem arte e ciência são saberes irmanados, complementares, indispensáveis ao indivíduo e à sociedade.

Se a literatura humaniza, como entende Antonio Candido, com toda a complexidade e as contradições com que a vida humaniza, o escritor, que é antes de tudo e sobretudo um leitor, quando no exercício de outra profissão, como a odontologia, tem ampliada a faculdade da empatia para com o próximo. É isso o que acompanhamos em "O oráculo de olhos tristes", em que um senhor de uns 60 anos, silencioso, vestindo "uma camisa amarela de linho, amassada, e uma calça *jeans* suja e folgada nas pernas", chega ao consultório do estomatologista, acompanhado pela filha, para investigar uma lesão na boca. Diagnosticado com um câncer, já presente em vários outros órgãos, o paciente morre pouco tempo depois. Entretanto, em lugar de tratá-lo como um caso raro, digno de ser investigado e exposto numa apresentação oral num congresso, o profissional da boca guarda "aqueles olhos tristes como o livro que o ensinou a ser mais humano do que cientista", guarda "aqueles olhos tristes como o oráculo que o ensinou e o ensinará a ter compaixão por todos os olhos tristes que ainda terá de encarar". Guarda-os, não para si, mas para compartilhá-los numa crônica e para que outros, os leitores, possam também mirar, respeitosamente, a morte alheia, a morte próxima, a própria morte, como o que há de mais grave e irrefreável.

Esse conto é exemplar da matéria que compõe prioritariamente este livro e as crônicas de um modo geral: os acontecimentos mais circunstanciais, os fiapos da vida de todo dia que não rendem uma narrativa épica, mas são, há muito, o manancial mais fecundo a que recorrem cronistas e poetas. Esse conto é exemplar de como, se o escritor refina a sensibilidade do dentista para com seus pacientes, as experiências do consultório odontológico se apresentam como um rico cadinho ao cronista.

As circunstâncias que alimentam o cronista, entretanto, não estão restritas à sua toca profissional. Ele anda pelas ruas da sua cidade, viaja a outras urbes, fica recluso em casa por conta da pandemia da COVID-19, cultiva o seu quintal, lê outros poetas e cronistas, escuta música, ama, perde a mulher amada, recorda o passado, sente-se afetado pela política do seu país, pelo preconceito, pelos problemas da sua rua, e tudo lhe serve de motivo para uma crônica.

Esses motivos que alimentam as crônicas deste livro também o estruturam em partes, cinco no total e assim nomeadas: "Elucubrações e melancolias", "Anotações do claustro", "Sob o signo da bazófia", "A urbe" e "Personalidades e admirações". Essas partes dão uma organicidade estrutural visível ao volume; organicidade que talvez seja herança do espírito organizado e racional do odontólogo e professor. Ler as crônicas guiado por essa sequência é, pois, seguir um caminho traçado pelo autor.

Na primeira parte, "Elucubrações e melancolias", mais do que o tema, diversificado, o que une as crônicas parece ser o tom reflexivo, a conjectura em torno de um tema ou problema, ora tratado com humor ou ironia, ora com melancolia. Nessa parte, que concentra o maior número de composições, estão as crônicas já evocadas e que ilustram tanto o tom ensaístico, a exemplo de "Dentistas e coelhos", quanto o finamente melancólico e não isento de reflexão "O oráculo de olhos tristes".

O tom reflexivo não é específico dessa parte do livro, nem do autor. Tornar qualquer objeto digno de atenção e reflexão é um dom dos cronistas, que faz a crônica, gênero híbrido por excelência, se avizinhar do ensaio. Igualmente, se os cronistas encontram, num acontecimento fortuito, uma situação de exceção, uma experiência autêntica capaz de iluminar uma vida toda ou um ponto de partida para uma digressão bem-humorada, um autor de crônicas não pode ser destituído de uma certa dose de melancolia diante da realidade, a qual advém de um sentimento de estranhamento, de deslocamento em relação a um mundo que deveria ser o seu, mas no qual não se reconhece plenamente. O estranhamento, a fratura social pode fazer o sujeito se recolher melancolicamente, mas também pode levá-lo a ironizar aquilo que o cindiu.

"Anotações do claustro", a segunda parte do livro e aquela com o menor número de textos, apresenta-se como uma espécie de diário por amostragem do que foram os longos dias de isolamento sanitário em função da pandemia de que há pouco saímos, os quais são cronicados exemplarmente em quatro dias da vida do autor. É essa parte uma comprovação explícita de que não é a matéria que faz o cronista, mas este que converte em crônica tudo o que alcança: as alegriazinhas cotidianas que a pandemia proporcionou, como se lê em "Pasárgada é aqui"; o uso das máscaras, catalogado e visto também em sua dimensão erótica no rosto feminino em "Máscaras, maçadas, marotices e mandingas"; o mundo desorganizado pela pandemia em "A amendoeira de Copacabana", referência incontornável a *Fala, amendoeira*, de Carlos Drummond de Andrade; o convite recusado para participar de uma festa de final de ano durante a reclusão em função do temor de encontrar o colega embriagado e emocionado dizendo "Ora, vem cá! Tira essa máscara e me dá um beijo!"

Se o claustro é o espaço em que se move o sujeito na segunda parte, na terceira ele se volta para a situação política do seu país durante o governo de extrema direita. Aqui, a situação é de deslocamento e, em lugar da melancolia, o tom é de ironia ostensiva, mais propriamente de sátira ao "Reino da Bazófia" e ao rosário de insensatezes perpetradas pelo seu rei, com seu negacionismo, recusa da máscara como medida protetiva, uso de medicação de comprovada ineficiência científica, negação da vacina, ataque às artes e à imprensa, moralismo religioso pentecostal e neopentecostal e outras conhecidas "bazofices". Destaco, nessa parte de sátira política, a peça "Esquerdista roxa", que concilia o olhar muito pessoal do cronista, literalmente sobre o seu quintal, com a ironia ao governo em sua crítica aos considerados esquerdistas comunistas, ou seja, qualquer indivíduo que não seja de extrema direita. Nesse texto, a goiabeira roxa da Malásia plantada no quintal e que se recusa a endireitar, apesar do esforço do cronista fruticultor, é tomada como símbolo da resistência.

A ironia, em outras modulações, como observado em relação à reflexão, não se restringe a essa parte, mas parece ser um dos traços constitutivos deste livro, inclusive na modalidade da autoironia, que alguns preferem chamar de humor. Na crônica "Estrutural", da primeira parte, o autor reconhece ter sido sujeito de racismo estrutural ao pensar que o rapaz negro que estava na sua universidade, um mestrando nigeriano, seria um serviçal. A ironia também está bastante presente na quarta parte.

Nessa, intitulada "A urbe", o cronista, mineiro de Teófilo Otoni, percorre o centro de Goiânia, cidade em que reside desde a juventude e com a qual estabelece uma relação de pertencimento. Andando pela capital, corporifica uma atualização do *flâneur*. Percorre as ruas não como alguém que, movido por algum objetivo programático, vai para o trabalho ou às compras e olha sem ver a cidade ao seu redor. Anda sem destino certo, como um ocioso, um curioso observador da paisagem física e humana. Baudelaire, o *flâneur* por excelência, que viveu o processo de modernização de Paris perpetrado por Haussmann, com a abertura das grandes avenidas, a demolição de antigos prédios, a exposição da pobreza expulsa do centro, a construção das galerias – ancestrais dos shopping centers –, sentiu como nenhum outro poeta, ao andar pela capital francesa, o impacto dessa modernização, a perda da aura pelo poeta, a multidão, o amor à última vista pela passante que não mais voltará a encontrar. O cronista que anda pelo centro de uma grande cidade do interior, como é a capital de Goiás, olha sua charmosa arquitetura *Art Déco*, mas também vê e denuncia seus problemas, como fachadas comerciais de mau gosto, ruas descuidadas e falta de segurança. Também habitante e cidadão consciente, sente-se profundamente incomodado e indignado quando a quaresmeira da sua rua é mutilada para a colocação de uma placa de trânsito. Além do centro de Goiânia e da sua rua, o cronista ainda visita outros espaços urbanos, sejam outras capitais, como Rio de Janeiro e Maceió, seja a pequena Goiás Velho ou a sua Teófilo Otoni. Percorre as cidades não como um turista que passa rápido por um rol de pontos obrigatórios para posar para uma *selfie* a ser exibida nas redes sociais, mas como o sujeito que quer conhecê-las e habitá-las, saber sua história e, por vezes, rasurá-la, como acontece com "Rio Vermelho, cidade cinzenta".

Nesse texto, o cronista anda pelo centro histórico de Goiás Velho e lamenta a falta de registro da memória dos pretos e dos índios de que resta apenas uma onomástica. Sobre a Igreja do Rosário, que substituiu a antiga igreja dos pretos, julga: "A arquitetura e a arte sacra do Rosário são muito bonitas, mas, convenhamos, não têm nada a ver com os pretos e, por justiça, nem deveriam existir." Mas existem, pois a arquitetura é também um símbolo de poder e dominação. Inscrever, numa crônica, o apagamento da história dos pretos, como o fez antes Cora Coralina em prosa e verso, é uma forma de rever e reescrever os autos do passado para as gerações novas. Em "Cine Palácio", a partir da demolição do cinema de Teófilo Otoni – que habitou a sua infância e adolescência e o habitará pra sempre – para a construção de uma sapataria, o cronista reflete sobre os custos do progresso, do capital, da falta de cumprimento de leis de preservação do patrimônio histórico e ainda da falta de sensibilidade pelas artes.

Fecha o livro "Personalidades e admirações", quinta e última parte, em que o autor rende tributo a poetas, músicos, ficcionistas e cronistas diversos, como Lima Barreto, João Cabral de Melo Neto, Gilberto Gil, José J. Veiga, Monarco da Portela e Augusto dos Anjos. Mas a reverência maior é feita aos cronistas, entre os quais estão o poeta Carlos Drummond de Andrade, cuja crônica a ele dedicada dá título ao livro, e a ficcionista Clarice Lispector, cuja prática da crônica o autor recupera e valora. Nessa parte também está o pouco conhecido pernambucano Antônio Maria, resgatado pelo autor. E está, sobretudo, Rubem Braga, o "cronista dos cronistas", o "Barão da torre", título da crônica que fecha, não casualmente, o livro. Convocar e qualificar esses cronistas é não só uma forma de o escritor reconhecer e reverenciar suas afinidades eletivas, mas também de construir sua genealogia, na qual, sem dúvida alguma, a paternidade cabe a Rubem Braga. Na crônica em que o homenageia, o autor vai até o endereço carioca onde o velho Braga morou por 30 anos e plantou seu pomar suspenso, fazendo-se, drummondiana e literalmente, como o chama Luciano, um "fazendeiro do ar". Visita-o também interiormente, no tempo, e se lembra de tê-lo encontrado originalmente na coleção *Para gostar de ler*, e que foi depois de ter lido *Ai de ti, Copacabana* que escreveu a primeira crônica, publicada em jornal familiar.

Poderia fechar esta apresentação ensaiando várias afinidades entre o velho e o jovem cronista. Mas lembro apenas que ambos localizam e datam suas crônicas. O poeta Mario Quintana, considerando as coisas cotidianas e prosaicas que compõem a tessitura de seus poemas, à maneira das crônicas, escreveu que "Talvez a poesia não passe de um gênero de crônica, apenas uma espécie de crônica da eternidade". A partir desse quintanar, seríamos levados a pensar no caráter datado das crônicas, circunscrito ao momento que as suscitou. Mas volto a Ai de ti, Copacabana, com suas crônicas escritas sobretudo nos anos 1950, mas que, além de muitas guardarem sua força poética, mantêm perene a novidade. Que assim seja com estas crônicas de um dentista que conhece não apenas o céu da boca, mas também muitos outros espaços humanos. Demasiadamente humanos.

Solange Fiuza
Goiânia, 31 de março de 2023.

SUMÁRIO

ELUCUBRAÇÕES E MELANCOLIAS

ANOTAÇÕES DO CLAUSTRO

SOB O SIGNO DA BAZÓFIA

A URBE

PERSONALIDADES E ADMIRAÇÕES

ELUCUBRAÇÕES E MELANCOLIAS

CHAPEUZINHO INCAUTA E O LOBO SEDUTOR

O papo *nonsense* corria solto quando a história de Chapeuzinho Vermelho veio à tona. Por certo, os goles de carménère tiveram participação no fato. Dizem que Baco inspira a mente a devanear. Quando vi, estava eu cotejando e divagando por aspectos filosóficos, éticos e morais. Como é que pode a vovozinha morar sozinha num lugar isolado? Por que não morava com a família? E a Chapeuzinho, então? Uma criança pela estrada afora, sozinha, levando doces para a avó que morava longe. O caminho era deserto e ainda tinha um lobo mau passeando ali por perto. Que espécie de mãe permitiria isso? Era um absurdo.

No dia seguinte, mesmo refeito dos arroubos etílicos, a historinha não me saía da cabeça. Curioso contumaz, fui escarafunchar a internet. A Wikipedia (que parece saber de tudo) me contou que a fábula é muito antiga: teria origem nos contos de fadas europeus do século 10. A primeira versão, *Le Petit Chaperon Rouge*, foi escrita no século 17 por *Charles Perrault*, e a mais conhecida no século 19, pelos Irmãos *Grimm*. Até aí tudo bem. Fiquei boquiaberto quando descobri que Guimarães Rosa e Chico Buarque escreveram versões sobre o conto. Que segredo teria essa história pra atravessar séculos e despertar o interesse do Rosa e do Chico? O negócio foi ficando instigante.

Continuei a diligência. Ouvi a historinha novamente pelo *Youtube*. Veio um frescor de infância. Lembrei-me do disquinho de vinil colorido de onde a escutei pela primeira vez. Foi gostoso recordar as falas do lobo matreiro, da Chapeuzinho com sotaque carioca e da vovozinha com voz de uma anciã de 90 anos. Mas a racionalidade incômoda dos adultos me trouxe um cenário desconcertante. A mamãe, Chapeuzinho Vermelho, o lobo, a vovozinha, os caçadores, todos eram personagens de um roteiro que trespassava as fronteiras do óbvio e, de fato, justificavam as reflexões da noite anterior.

Examinemos a mãe. No começo, ela pede à filha que vá à casa da avó levar-lhe umas guloseimas, pois a velhinha estava doente. Benevolência ou crueldade com a sogra que vivia abandonada numa casa erma junto à curva do caminho? Vou me abster. Julguem vocês! E permitir que a garota percorresse sozinha uma trilha longa e sombria, se arriscando a ser devorada por um animal sanguinário: um desatino? Tenho um palpite: pedagogia comportamental. Suspeito que a mãe teve a deliberada intenção de que a filha aprendesse a se defender do mundo atroz passando por um perigo real. Ah! O tênue limite entre soltar e proteger os nossos filhos: um dilema tão atroz como o próprio mundo.

Quanto à Chapeuzinho Vermelho, seu comportamento é tradicionalmente descrito com intuito admonitório. Ela é a menina incauta que desobedeceu à mãe e, por isso, caiu nas garras do lobo. As fábulas cultuam esse maniqueísmo moralizante. Gosto mais da Chapeuzinho de Guimarães Rosa, que tinha uma fita verde no cabelo e atitudes mais humanas. Rosa entendeu a experiência da mocinha na floresta como um rito inevitável da existência. A menina vivenciou uma oportunidade para a aquisição do juízo, do arbítrio, da sua percepção de mundo. O encontro com o lobo era o encontro com sua sexualidade nascente, seus desejos e a sua própria vida. Sujeito arguto esse Guimarães Rosa.

O lobo é o personagem mais interessante. Charmoso como *Jean-Paul Belmondo*, ele não é apenas mau: é o tipo sedutor, espirituoso, com uma dose de sadismo. Um anjo-poeta: "*Há framboesas mais vermelhas do que a cor do seu chapéu. As borboletas azuis são pedacinhos do céu*". Que mulher resistiria? Com Chapeuzinho, o lobão quis praticar o galanteio, a sedução, quis brincar com a vítima antes de devorá-la. Ele poderia simplesmente comer a menina (inclusive sexualmente) pra satisfazer o seu instinto carnal, mas isso não lhe seria suficiente. Ele tinha outros desejos umbrosos, pois tem dimensão humana e não animal. É um lobo-homem lascivo e perverso.

Essa história teve 2 finais: um feliz e um trágico. No que conheci, tudo acabou bem: o malvado sucumbiu com um tiro na testa desferido por um caçador valente. Naquele tempo, os caçadores matavam, livremente, lobo, onça, paca, tatu e cotia. Hoje, dez séculos mais tarde, há quem defenda a caça esportiva dos bichos irracionais (mas isso é outra história). Como estava dizendo, o lobo morreu, a Chapeuzinho escapou ilesa e aprendeu a lição, a vovozinha ressuscitou e os caçadores triunfaram. Poucos sabem, mas a narrativa de *Charles Perrault* não foi assim tão azulzinha. Na versão francesa, o canídeo comeu a vovó como prato principal e a netinha de sobremesa. Impiedosamente real, como a vida.

Independentemente de qual final prefiram os leitores, a historieta aparentemente ingênua de Chapeuzinho Vermelho serve como pano de fundo para perscrutarmos o comportamento humano, nossas escolhas, desafios, as crueldades explícitas e as ocultas e, sobretudo, o inexorável mal que habita este mundo desde sempre.

Goiânia, fevereiro/2021

Publicada originalmente no site *Clube dos Escritores Fifties+* em 27/02/2021

SORRIA, DIGITE KKK

Hoje ficou mais fácil sorrir. Basta escrever (ou melhor, digitar) 3 Ks e estarei sorrindo. Sorrio com a ponta dos dedos na maior facilidade. Se eu quiser sorrir efusivamente, gargalhar mesmo, também é supertranquilo: basta aumentar o número de Ks digitados e pronto: estarei dando aquela famosa gaitada. O negócio é preciso, quase matemático. Eu tenho total controle sobre a intensidade do meu *smile*: quanto mais Ks, mais frouxo é o riso. Uma maravilha cibernética!

Vejam vocês que eu consigo sorrir sem mostrar os dentes. Posso, inclusive, sorrir sem o dente da frente. Posso sorrir com o dente sujo com uma casca de feijão. Posso sorrir sem vontade de sorrir. Posso dissimular, mentir, esnobar, sem que ninguém desconfie. E o melhor de tudo: posso sorrir sem precisar usar os olhos (dizem que revelam o fundo da alma). Seria muito difícil fingir um sorriso com aqueles dois cristais translúcidos revelando os nossos segredos mais íntimos. Deus me livre de sorrir cara a cara!

Outra grande vantagem do sorriso *high tech* é a economia de energia. Eu li no *Google* que para um mero sorriso amarelo são acionados doze músculos da face. Esse número dobraria pra executar uma sonora gargalhada. Imagine a quantidade de ATP que é gasta nesse ato fisiológico ultrapassado. Um contrassenso. O mundo atual não tolera tamanho desperdício de energia. Precisamos poupar nossa força vital. Usando o kkk, faço 3 movimentos curtos com o indicador e está dado o recado. A economia energética é gritante.

Eu, que sou do tempo do telegrama, da carta e do antiquado sorriso com dentes e olhos, estou fascinado com a funcionalidade dessa tecnologia. Além das letras, há outros recursos de que posso lançar mão pra modular o meu riso. Se eu desejar, por exemplo, torná-lo mais intenso, mais real, basta desenhar (ou melhor, digitar) uma carinha amarela risonha com duas lágrimas saindo dos olhos (significa que eu estou chorando de rir). É uma beleza, mas eu prefiro mesmo o bom e velho kkk. Simples, pragmático e eficiente.

Usei pouco kkk em agosto. É um mês muito tenso: mês das bruxas, dizem os místicos. Ainda bem que já estamos em outubro e a primavera chegou, estação da alegria, da felicidade, das flores. Hoje cedo, fui surpreendido com as minhas fúcsias se abrindo em mimosas flores roxas. Uma dádiva. A primavera é a estação mais alegre do ano e já estou com os dedos afiados pra sorrir à vontade. Vamos ser felizes. É fácil: digitem kkk.

Goiânia, outubro/2020
Publicada originalmente na *Revista Bula* em 03/10/2020

DAS MELHORES COISAS DA VIDA

Com a sapiência de quem já havia passado dos 100 anos, Dercy Gonçalves declarou, numa entrevista, que as melhores coisas do mundo eram "comer, dormir e cagar". Os três verbos em sequência me fizeram lembrar de "*comer, rezar e amar*", livro de Elizabeth Gilbert que depois virou filme. Percebam que as duas pensadoras concordam num ponto, o sentido gastronômico da existência, mas divergem radicalmente nos outros dois: enquanto Elizabeth quer rezar e amar, Dercy prefere dormir e cagar.

Da tríade gonçalviana, o gozo gustativo e o sono são preferências unânimes entre os mortais; o insólito é que ela inclua a defecação e exclua a fornicação. Ao escolher "cagar", Dercy, subliminarmente, está "cagando" pro sexo e pro amor. "*Amar? Deus me livre de amar quem quer que seja, o amor dói, amor é sofrimento.*" Essa fala direta e contundente revela que sexo e amor tinham sido dolorosos para a atriz e, por isso, ela os rejeitava. Todos fugimos das dores do mundo, o que é inútil, porque em algum momento elas chegarão. Ironicamente, Dercy, nome artístico de Dolores, tinha as dores no próprio nome.

Voltemos ao terceiro elemento: o prazer escatológico. Poucas pessoas assumiriam publicamente essa predileção, mas, de fato, obrar constitui, a depender da consistência da obra, um agradável momento de intimidade, relaxamento e até de inspiração. Pode ser ensejo para que aflore a motivação de um poema, o desfecho de um romance ou uma decisão importante. A conexão cérebro-intestino é bem conhecida e, por meio dela, a viagem do bolo fecal pode disparar profícuas viagens mentais: uma espécie de iluminação coprológica. Antônio Torres, notável cronista e diplomata, citou a frase de Capistrano de

Abreu: "*durmo bem, como bem, e cago melhor*", o que reforça essa combinação bizarra.

Os componentes 2 e 3 da trilogia de Liz Gilbert – rezar, amar – são propósitos mais elevados (especialmente quando comparados aos de Dercy), porém não deixam de conter doses de hedonismo. Rezar – que no filme parece ser mais meditar – é uma tentativa de acessar a psique, uma busca de equilíbrio interior. É uma prática que pode trazer a sensação de plenitude, de paz e consequentemente, bem-estar corpóreo. *Mens sana in corpore sano.* Amar é verbo nobríssimo, que pode ser conjugado sob as formas de cuidado, generosidade, abnegação, sexo, carinho, companheirismo, cumplicidade, bem-querer mútuo: atos e sentimentos onde o altruísmo e o prazer se misturam.

Dizem que perguntaram pro caipira quais eram as 3 melhores coisas da vida e ele, provavelmente um mineiro, respondeu na bucha: "dinheiro, muié e bicho de pé". O que disse o caipira e as máximas de Dercy e Liz Gilbert são variações sobre o mesmo tema: o princípio do prazer. Essa foi a expressão cunhada por Freud para descrever a força íntima que governa o comportamento humano. Um clamor interno que nos faz perseguir o prazer e evitar a dor, num instinto de autoconservação. Quem se aprofundar no assunto verá que Freud explorou conceitos complementares, tais como princípio da realidade, id, ego, superego, pulsão de morte e outras branduras. Uma sopa psicofilosófica da qual provei apenas 2 ou 3 colheradas.

Eu reconheço que não tenho cabedal para degustar as muitas notas do substancioso caldo de Sigmund. No entanto, acho que princípio do prazer é um nome mais bonito pra egoísmo fisiológico. Simples assim. Entendo que o tal princípio é uma ferrugem inata que nos apequena – a uns mais, a outros menos – e que deveríamos repensar o quanto ela nos priva de incluir outros verbos, como ajudar, socorrer e assistir entre as melhores coisas da vida. Comer, dormir e cagar é bom mesmo, mas parece o projeto de vida de um mandarová. Enquanto humanos, podemos apresentar melhor proposta.

Goiânia, julho/2022
Crônica inédita

PEQUENO ENSAIO SOBRE A BANANA

Sublinhei satisfeito o seguinte trecho de uma crônica de Machado, escrita em 1894: "*Onde é que não há cascas de bananas? Nem no céu, onde não se come outra fruta, com toda certeza, que é fruta celestial. Mate-me Deus com bananas. Gosto delas cruas, com queijo de Minas, assadas com açúcar, açúcar e canela... Dizem que é mui nutritiva.*" Descobrir que Machado de Assis e eu compartilhávamos o mesmo gosto frugal me deixou todo enfunado, mas também confirmou uma antiga constatação: a banana é uma injustiçada. Isso mesmo: além de não gozar do reconhecimento pelas suas inúmeras qualidades, a pobre fruta ainda tem seu nome associado a ideias depreciativas.

Assim como acontece com perfumes e cores, as pessoas costumam ter sua fruta preferida. Há os que são loucos pelo prazer adocicado da manga, outros preferem a acidez do abacaxi, a adstringência da maçã, o exotismo do kiwi. Os nortistas amam o cupuaçu, os sulistas "*chics*" apreciam a framboesa. Há frutos pra todos os gostos, cada qual com sua personalidade, seus encantos e seu valor nutritivo. Eu, filho da arraia miúda, fico com a simplicidade da banana. Só que, além do paladar e da textura, outros atributos particulares potencializaram a minha admiração.

O primeiro deles é a abundância: a banana nunca se apresenta isolada, mas em fartos cachos e pencas. É uma fruta confiável e honesta, pois está sempre saborosa e não nos decepciona como, amiúde, fazem a laranja e o abacaxi. No quesito praticidade, ela é insuperável: não precisa lavar, dispensa o uso de faca, não tem caroço, não tem bicho como a goiaba. Em caso de extrema necessidade, podemos comê-la até com as mãos sujas. Some-se a tudo isso o ensinamento filosófico do vegetal: a expressão "bananeira que já deu cacho" representa o modo pelo qual a planta nos fala sobre a implacável finitude da vida.

Outro ponto a destacar é o brasileirismo. Apesar de ser originária da Ásia e ter sido trazida da África para os trópicos, a banana tem notória identificação com o Brasil, começando pelas suas cores: verde quando jovem e amarela quando madura. Que fique bem claro que o verde-e-amarelo não é propriedade do Bolsonarismo e seu patriotismo *fake*. São as cores de uma nação e de todos os seus filhos: homens, mulheres, tamoios, mulatos, Marielles, Malês, Lecis e Jamelões (salve, Danilo Firmino!). *Yes! nós temos banana*: na música de Braguinha ou no turbante de Carmen Miranda, banana é insígnia de Brasil.

No entanto, a despeito de tantos predicados, a fruta é tratada com certo desdém e carrega uma percepção de inferioridade que se estende ao próprio termo. Quando se diz "preço de banana" significa preço irrisório, de baixo valor venal. Nos dicionários, banana – ou pacova, na língua tupi – é primariamente, o fruto oblongo da bananeira, mas há outras acepções menos simpáticas: é o indivíduo covarde e sem iniciativa; é o gesto obsceno que se faz com o braço erguido. O verbo embananar-se exprime pôr-se em dificuldade, confundir-se. A gíria "bananosa" traduz-se situação complicada. Como veem, são muitas as conotações negativas, contra as quais Machado e eu protestamos.

Pra finalizar a exaltação bananista, trago o que Rubem Braga escreveu no seu livro "Recado de Primavera". Citando Carybé, o pintor argentino então radicado em Salvador, o velho Braga sugere que bananeiras plantadas nas margens das estradas poderiam salvar vidas. Transcrevo aqui: "*Hector Barnabé, vulgo Carybé, bom desenhista e mau motorista, cheio de especial senso baiano, tem uma idéia a respeito, que transmito ao DNER: ladear as estradas de bananeiras. E explica as vantagens: segura o carro, a batida é mais mole e ainda por cima dá bananas, aos cachos.*" A banana é mesmo a menina-prodígio do reino frutífero.

Goiânia, maio/2021

Publicada originalmente no site *Clube dos Escritores Fifties+* em 26/05/2021

FORMIGAS, POESIA E ENERGIA NUCLEAR

Falando sobre importâncias, o poeta Manoel de Barros escreveu: "*o cu de uma formiga é mais importante para o poeta do que uma Usina Nuclear*". Leitores menos acostumados ao universo manoelino poderão achar a frase demasiadamente chula para um poema. Não a tomem como chulice gratuita. Essa é apenas a linguagem pura e solta com a qual Manoel de Barros tece a sua poesia. Eu admiro. Nós, escrevinhadores mineiros, somos cheios de etiquetas e mesuras e, em geral, não temos essa vocação. Não vejo mal nenhum. A poesia é livre feito passarinho. É lícito apreciar tanto a elegância de Drummond quanto o lirismo despojado de Manoel.

Retomemos a comparação. Ao afirmar que, para o poeta, o ânus de um inseto tem mais importância do que uma usina nuclear, o autor nos fala de individualidade, de liberdade e de respeito. As pessoas vestem as coisas do mundo com diferentes significâncias. Manoel de Barros, por exemplo, não tem nenhum pudor em assumir o seu gosto pelas coisas desimportantes. O poeta pantaneiro vai mais além e cultua especial dileção pelas ignorâncias. Sobre essas, o outro Manuel, o Bandeira, declarou certa vez: "*É preciso saber escolher as próprias ignorâncias*". Sábios, cada um a seu modo, os dois "Manuéis" aprenderam a servir-se da ignorância pra viver melhor.

Eu passaria o texto inteiro discorrendo sobre a anatomia das formigas, mas tenho que falar sobre as usinas nucleares e vocês entenderão por quê. Faz alguns dias, ouvi a Rosana Jatobá, sempre bela e baiana, comentando com Sardenberg sobre o ressurgimento da energia nuclear.

Achei que esse assunto estivesse morto e enterrado, assim como as vítimas de Chernobyl e Fukushima. Que nada! Escutei bestificado que a nuclear seria mais limpa do que a solar e a eólica e que, por isso, a própria ONU a estaria defendendo. Quando a breve audição acabou, pensei: tema tão complexo mereceria explanação mais demorada e, idealmente, presencial. Assumi que permaneceria horas à sombra da Jatobá até entender tudo direitinho.

Como esse interlúdio era bastante improvável, fiquei especulando sozinho com meus calejados botões. Na minha cabeça, a energia nuclear é uma entidade do mal. A sua utilização me remete a materiais belicosos, risco de acidentes graves, lixo radioativo e outros venenos escondidos. No entanto, repensemos. A ONU, sabida como ela é, deve ter um bom motivo para advogar a favor da política nuclear. E tem. Segundo Rosana, o principal argumento é que a energia nuclear não produz os gases que causam o efeito estufa; com isso, seria capaz de conter eficazmente o aquecimento global. Aí, a coisa muda de figura. Se for pro bem do planeta, quem sabe não conseguimos amansar essa megera indomável (a energia, não a ONU).

Nas minhas viagens especulativas, cheguei à conclusão de que todas as fontes energéticas – petróleo, carvão, ventos, sol, urânio – acabam causando algum prejuízo ao ambiente e aos viventes. Umas mais, outras menos, mas todas são falíveis. Eu acreditava que extrair energia do vento era um negócio muito ecológico. Achava bonito aqueles ventiladores gigantes trabalhando pra nos oferecer a eletricidade impoluta. A tese caiu por terra quando ouvi um entendido falando que os parques eólicos devastam vegetações, afugentam animais, estragam o solo e até incomodam o sono dos moradores. Que coisa! Gerar energia tem sempre os efeitos colaterais. É como se o mundo se alimentasse e se intoxicasse com a mesma comida. Como diria a ex-presidenta Dilma, de certa forma "*vai todo mundo perder.*" É o preço.

Os apologistas do urânio alegam também que essa seria a única fonte com capacidade de atender à demanda de eletricidade no mundo. Viver hoje sem eletricidade é quase impossível, mas será que não conseguiríamos, pelo menos, abrandar essa fome elétrica insaciável? Não sei. Talvez eu esteja sendo romanesco demais. Que trem difícil! Ainda bem que não sou cientista e posso me recolher à fácil ignorância dos ineptos. Abdico, inclusive, do instrutivo colóquio que mencionei acima. Que fique bem claro: abdico de aprender com a Rosana sobre energia sustentável. Se a pauta for poesia e outras amenidades, mantenho que ficaria largas horas à sombra da Jatobá.

Goiânia, junho/2021
Publicada originalmente na *Revista Bula* em 21/06/2021

REFLEXÕES FORA DA CAIXA

Era meu penúltimo dia de férias, num desses julhos ou janeiros esfumaçados pelo tempo. Acordei cedo, tomei o café adoçado com a nostalgia da volta e fui arrumar as malas. Logo vi que precisaria de uma boa caixa de papelão, grande e fornida, pra organizar a matula, que é um pacote com suprimentos para viagem. No meu caso, não era propriamente pra comer durante a viagem: aquilo era o meu farnel sentimental. Nele, eu estava levando pra Goiás o cheiro e o gosto do nordeste mineiro. Minha matula era completa: mantas de carne de sol, farinha, requeijão, queijo cabacinha, urucum e a preciosa cachaça do vale do Mucuri.

Conseguir caixa de papelão, hoje, é fácil: basta ir a uma casa de embalagens. Mas antigamente era artigo raro. Falaram-me que eu poderia encontrar uma no depósito de materiais recicláveis. Em Teófilo Otoni, tudo é perto: você sobe e desce um morro e já chega. Encontrei o tal depósito numa das saídas da cidade. O portão estava aberto; entrei e parei o carro ao lado de um barraco de madeira. O material estava separado por montes: papel, ferro, alumínio, plástico. A montanha de papel era gigantesca: muitas, muitas caixas rasgadas e sujas. Vi algumas inteiras, mas pequenas. Não vi caixa que pudesse me servir.

De dentro do barraco, surgiu um sujeito magro, alto, negro, calçando chinelas de dedo. Ao cumprimentá-lo, percebi as mãos ásperas como lixa. Suas roupas eram sujas e rasgadas. Assim que lhe expliquei do que precisava, ele se dirigiu à montanha de papel e pôs-se a revirá-la à procura da caixa perfeita. "Esta aqui tá nova, mas é pequena e não vai te servir. Esta é grande, mas tá rasgada no fundo." Assim, o homem foi garimpando aquela pilha de papel como se procurasse uma turmalina.

Após uns 15 minutos, entregou-me uma caixa exatamente como eu pedira. Agradeci-lhe pelo empenho e perguntei o preço. "É nada não. Foi só uma caixa. Vou te cobrar não. Boa viagem lá pro Goiás!"

Termina a história da caixa física. Começam as reflexões fora da caixa. Por culpa de certos afluxos sensitivos, aquele gesto simples se revestiu de enorme significado, tanto é que jamais o esqueci. É incrível como o abismo econômico e sociocultural que existia entre mim e aquele homem, naquele momento, desapareceu. Parecia que nós não vivíamos no mundo dividido entre ricos e pobres, brancos e pretos, cristãos e muçulmanos. Vivíamos no quimérico mundo da fraternidade universal. Ali, eu não era o homem rico, culto e bem vestido, e ele, o pobre, ignorante e maltrapilho. Ali, eu era apenas um homem pedindo ajuda a outro homem.

Poderão os leitores tomar-me por inocente e fantasioso. "Ora, Luciano, só porque o cara te deu uma caixa de papel, ele virou a generosidade em pessoa? Ele deve ter visto seu carrão bonito e quis te agradar pra receber alguma coisa em troca." É usual pensar assim. Desconfiar das boas ações, suspeitar que elas sejam sempre motivadas por interesse. Os romances machadianos estão cheios desse homem (no sentido geral) interesseiro, egoísta, falso, vaidoso. Era esse o arquétipo de homem com quem Machado convivia, o mesmo com quem convivemos hoje. A vileza humana segue inabalável. Exatamente por isso é que o meu encontro com aquela criatura foi tão marcante. Eu vivenciei a exceção.

Acreditem, ele não tinha motivos pra me agradar. Não sabia meu nome, nunca havia me visto, não me veria nunca mais (como de fato não viu). Ele apenas quis me ajudar, despretensiosamente, amorosamente. Toda vez que me lembro daquele fato, sinto uma sensação boa. Aquilo parece ter sido um lampejo vindo do íntimo, uma manifestação da bondade essencial que habita o recôndito de toda alma humana. Um dia, ainda que tenhamos que morrer e nascer cem vezes, essa bondade nos dominará por completo.

Goiânia, janeiro/2022
Crônica inédita

UM TREM QUE PASSOU EM MINHA VIDA

O convite do Instituto Histórico e Geográfico do Mucuri para escrever sobre a estrada de ferro Bahia-Minas causou-me sentimentos híbridos. O afago na alma de cronista neófito veio de mãos dadas com o desconforto: como discorrer sobre algo que não vivi? E qual o problema? diria o Fernando Sabino, é assim mesmo: "nós só devemos escrever sobre aquilo que (ainda) não sabemos. Eu nunca sei o que irei escrever, eu escrevo pra saber." Acho que ele tinha razão. Parece que não é o escritor que guia a escrita, mas é a escrita que conduz o escritor. Ela carrega o enredo por caminhos desconhecidos e, às vezes, surpreendentes. E é assim, com as rédeas soltas, que eu empreendo este texto, esperando ter a cumplicidade e a benevolência do leitor para ser meu companheiro de viagem.

A ferrovia Bahia-Minas foi cantada por Milton Nascimento na música Ponta de Areia, de 1975. A letra conta a história da velha estrada que ligava Minas ao mar. Mais especificamente, a Ponta de Areia, distrito de Caravelas, no extremo sul baiano. Em 1975, eu não sabia quem era Milton Nascimento. Tinha 9 anos e morava no distrito de Pedro Versiani, a 26 quilômetros de Teófilo Otoni. Naquele tempo, eu não atinava em quase nada ligado à música, literatura ou alguma forma de arte. Minha vida era estudar a lição, jogar bola, montar a cavalo e aprisionar coleirinhas e brejais. Eu ainda não sabia, mas Ponta de Areia e a Bahia-Minas estavam conectadas à minha vida de várias formas.

Mineiro tem certa fixação pelo trem, e pelo mar também. Quando esse trem leva Minas ao mar então, imagine. Rígido, obstinado, preso aos trilhos, às regras; o trem é uma metáfora do mineiro-entidade. Fugindo dos estereótipos, Paulo Mendes Campos escreveu que *Minas há duas: uma nítida, outra sombria e difusa.* Essa névoa, esse mistério parecem caracterizar melhor a tal mineirice. Mas, voltando à história de trem e de mar, alinho-me com a mineirada quando assumo que sou apaixonado pelo mar. Pelo mar e pelo Rio. Mas me ressinto ao dizer que (ao contrário de Sérgio Sampaio) nunca viajei de trem. O texto que ora lavro servirá, inclusive, para reparar essa falha venial. Após alguns parágrafos, terei enfim viajado de trem – pelo menos no trem da minha história com a Bahia-Minas.

Olhando a linha do tempo, percebo que, de fato, são fartas as conexões entre minha vida e a estrada. Quando menino, sempre ouvia os velhos falando da Bahia-Minas, na verdade, pronunciada Bahiminas (é óbvio que o hífen não resistiria à incontrolável mania dos mineiros de emendar as palavras). O tom era sempre nostálgico. Tempo do progresso. Do movimento nas estações. O transporte do café, madeira e cereais. Meu avô Zé Dias me falava, orgulhoso, de figuras emblemáticas: o maquinista, o chefe de estação, o mestre-de-linha. Por certo, assumir essa visão romântica é mais confortável do que pensar no seu lado ruim: índios dizimados, devastação da mata nativa, corrupção e injustiça social. Essa parte deixo a cargo dos historiadores, como o meu amigo Márcio Achtschin, uma autoridade no assunto.

Quem primeiro me falou sobre Ponta de Areia foi meu primo Zazá, em Belo Horizonte. Cabeludo, estilo *grunge* e muito boa-praça, Zazá era um pintor talentoso. Um vampiro que dormia o dia inteiro e saía à noite pro *underground* belorizontino. O quarto dele era uma caverna, cheio de quadros, livros, *souvenirs* e fotografias na parede. Uma vez, vi uma foto de Zazá deitado debaixo de um coqueiro, ao lado de uma moça com olhos de Capitu. "Onde é isso?", perguntei. "Ponta de Areia, menino. Você precisa conhecer esse lugar. Nossa raiz está lá". Aquela fotografia tinha algo de mágico. A praia, o mar, os coqueiros, o olhar da moça. Era uma atmosfera de amor livre. Com a cabeça em *On the road*, ideei uma viagem errante pela Costa das Baleias.

A minha relação com a Bahiminas tornou-se nítida em Pedro Versiani, lugarejo onde passei a infância e que abriga, até hoje, uma das estações da ferrovia. Com a extinção da linha, a velha estação virou o cartório civil onde meu pai trabalhava. Fascinavam-me os grandes livros pretos nos quais eram lavrados os registros dos que nasciam, casavam e morriam. À noite, ainda sem luz elétrica, a rapaziada se reunia na calçada da estação, feita de enormes blocos de pedra. Era o tempo das festas da igreja. Namoricos. Beijos furtivos. O viço hormonal da juventude.

É curioso como a vila pachorrenta que conheci destoa da vida intensa do homem Pedro José Versiani. Descendente de italianos radicados em Minas, Versiani morou na corte do Rio de Janeiro, onde fez-se engenheiro civil. Consta ter sido aprovado com excelentes notas em banca formada pelo Visconde do Rio Branco, André Rebouças e Benjamin Constant. Trabalhou na construção de várias linhas férreas no Brasil e foi engenheiro-chefe da Bahiminas. Morreu em 1937, aos 83 anos, na rua Tonelero, em Copacabana. A mesma Tonelero que, em 1954, seria cenário do nebuloso atentado contra Carlos Lacerda. A enorme pressão política e militar após o atentado acabou levando Vargas ao suicídio em 24 de agosto daquele ano. Coincidências históricas.

Além de história, eu sempre gostei de genealogia, mas de uns tempos pra cá, o negócio piorou e me pus a remexer nas gavetas do tempo. Essas incursões pelo passado reacenderam o meu interesse por Ponta de Areia. A Bahiminas veio de cambulhada. Meu tataravô paterno Antônio Guida, italiano da Calábria, chegou ao Brasil nos tempos do império e acabou indo parar em Ponta de Areia. O velho calabrês montou uma pensão com restaurante para atender ao pessoal da ferrovia. Sua filha mais velha, minha bisavó Madalena Guida, casou-se e foi pra Minas. Tenho uma vaga lembrança dela: velhinha esguia, de olhos vivos e nariz afilado. Usava coque.

Fui algumas vezes a Caravelas procurando rastros da família. Descobri que Antônio Guida Júnior, meu tio-bisavô, foi chefe de oficina na Bahiminas. Tinha um jipe e um sítio na beira do mar (deve ter sido o cenário para as aventuras amorosas de Zazá). Agora, em janeiro, estive no sul da Bahia novamente. Contemplei o rio Caravelas, as ruas de pedra, as casas fantasmas em Ponta de Areia. O tempo passou e a viagem aventureira ficou guardada lá atrás, no baú dos sonhos juvenis. O plano agora é conhecer o Arquipélago dos Abrolhos. Despedi-me de Caravelas com saudade não sei de quê. É a velha melancolia mineira.

Outro dia, estava lendo uma crônica do Otto Lara Resende sobre as coincidências da vida. A coisa é séria. Tema de matemáticos e filósofos alemães, a coincidência existe, mas não é fácil de entender. O Otto passou pela Parapsicologia e quase foi parar na clínica de repouso. Por isso, nem me meto nessa seara. Mas o que isso tem a ver com esta história? Explico. Consigo identificar aqui algumas coincidências pessoais curiosas. A Bahiminas foi extinta em 1966, mesmo ano em que nasci. Um nasce, outra morre. É a vida, sim, mas esse desencontro físico no mesmo ano é também coincidência. Outra: a ferrovia ligava Ponta de Areia, terra da minha bisavó Madalena Guida a Araçuaí, terra do meu avô Zé Dias. Assim, a Bahiminas unia as duas pontas da minha gênese paterna.

Por falar em gênese, percebo que os ramais ferroviários existem também no lado materno. Meu avô Jardelino Teixeira, que era baiano e nunca leu Machado, gostava de falar, com um risinho sarcástico, que a única mulher que andou na linha o trem matou. Generalizações à parte, a frase do meu avô traduz o pessimismo machadiano com a natureza humana, mas mostra também que, em Minas, até as piadas falam de trem. Meu tio Adão Teixeira me contou que, nos anos 50, ele viajou algumas vezes na maria-fumaça da Bahiminas e que guardava bem viva a lembrança das fagulhas de lenha que lhe queimavam a roupa. De um lado ou de outro, os caminhos férreos se acercam de mim.

A viagem é prazerosa e nem me dei conta de que está chegando ao fim da linha, ao último parágrafo. Passei pela infância, pelos devaneios juvenis, pela genealogia e pelas coincidências pessoais. Conexões presentes nos trilhos do passado, mas e o futuro? A velha ferrovia vai voltar? O tema é recorrente e incerto. Confesso que já fiz coro com os órfãos da Bahiminas e sonhei ouvir os seus apitos chorosos ecoando entre as montanhas. Hoje sou mais cético. Reconheço o seu legado na história do Mucuri e penso que preservar sua memória é mais factível do que querer a sua volta. Como despedida, tiro o meu chapéu e levo ao peito, numa vênia afetuosa à estrada encantada que nunca morrerá na lembrança dos mineiros da minha terra.

Goiânia, janeiro/2021

Publicada originalmente na *Revista HH Magazine* em 20/01/2021

INCOMPATIBILIDADE CONJUGAL

O barulho da cidade é entrecortado pelo trinado dos canarinhos-da-terra. Existem centenas deles aqui em Teófilo Otoni. Tiro os olhos do computador e vejo, do outro lado da janela, um casal que acaba de pousar no fio elétrico. O macho bate as asinhas pra cortejar a namorada. Ela faz pouco caso. Os dois voam para um pé de saboneteira do outro lado da avenida. Gosto de vê-los assim: livres, buliçosos, voando seu voo ligeiro pra onde lhes dê na telha. Mas a vida dos canários da minha terra nem sempre foi assim tão venturosa. Antigamente, eram caçados, capturados e condenados à prisão perpétua. Essa crônica vai contar a história de um desses bichinhos amarelos.

Em Minas, o costume de criar passarinho em gaiola é muito arraigado. A lei vigente protege as aves nativas, mas a mania de enjaular permanece. Se não pode com as nativas, aprisionam-se as estrangeiras. O negócio é ter um bicho cantor pra alegrar a rotina. Na mesma rua onde estou agora tem uma loja de pássaros. Estive lá xeretando. Vi apenas calopsitas e canários belgas, e muitas, muitas gaiolas vazias, no teto e nas paredes. "Tem canário-da-terra?", perguntei pra testar o vendeiro. "Nãão! É proibido. Se o IBAMA te pega sem licença, dá até cadeia", respondeu-me o velho. "Tem o belguinha, você não gosta não?" Declinei. Entendi que importar aves gringas foi a saída pra conservar a tradição.

Meu pai era passarinheiro e mantinha em cárcere privado coleiras, curiós, brejais, catataus, marias-pretas e canários-da-terra. Depois de alguns anos, resolveu dedicar-se apenas aos canários, e não o fez por simpatia ao amarelo-ouro ou ao gorjeio ritmado. Ele os criava para o combate: eram canários de briga. Creio que as rinhas já eram proibidas; mas funcionavam em locais clandestinos. Estive com ele num desses covis. Quando meu pai faleceu, tudo que lhe pertencia foi dilapidado. Ele já estava separado da minha mãe, e nós, os filhos, não vimos nada: gaiolas, canários, livros, fotografias, tudo desapareceu misteriosamente. A exceção foi o canário protagonista desta história.

Faz uns bons anos, noutras férias, meu tio me disse: "Um dos canários do seu pai está comigo. O melhor que ele tinha, foi até campeão de torneio. Você devia ficar com ele." Eu preferia soltá-lo, mas como vivera anos engaiolado, não mais se adaptaria à liberdade. Seria presa fácil pros gatos. Aceitei a sugestão. Tio Beto o instalou num ninheiro, proveu de alpiste e recomendou: "como a viagem é longa, você vai colocando água aos poucos." O canarinho aguentou firme os 1700 km entre Teófilo Otoni e Palmas. Era um pássaro vistoso, elegante, forte, bem amarelinho, com manchas alaranjadas, quase vermelhas, acima e abaixo dos olhos. Por isso, os meninos o batizaram de Foguinho.

Eu comprei um "voador", que é uma gaiola grande e retangular. Foguinho parecia apreciar a nova morada. Lançava voos retos de uma ponta à outra da gaiola, pulava no chão, olhava-nos inclinando a cabeça e, o mais importante, cantava, cantava, cantava. Era um canto vigoroso que se ouvia de todos os cômodos da casa. Aquilo me alegrava. Era um som da infância. Como os canários do meu pai eram todos acasalados, eu encasquetei que teria que arrumar uma esposa pro Foguinho. Consegui uma fêmea com um conterrâneo: Kiki. Após o acasalamento, o comportamento de Foguinho mudou bruscamente. Parou de cantar, de voar, vivia macambúzio e encorujado. Passados uns 20 dias, apareceu morto, inchado e com a cabecinha cheia de formigas. Consternados, os meninos e eu lhe demos um enterro digno.

Até hoje me pergunto o que teria causado a morte do Foguinho. Ele era um gladiador, um guerreiro acostumado às mais terríveis batalhas. Como sucumbira assim do nada? Uma fatalidade? Uma doença oculta? Difícil saber. O que parece óbvio é que a presença da Kiki foi intolerável pra ele. Arrependi-me profundamente de tê-lo obrigado a conviver com uma estranha. Que violência, meu Deus! Apesar do cativeiro, ele era feliz vivendo só. Acho que Foguinho morreu de tristeza. Talvez fosse gay ou a Kiki fosse uma canária tagarela e mandona que o azucrinara a ponto de lhe causar um infarto fulminante. Não sei. O que aprendi é que uma convivência forçada pode ser mortal.

Teófilo Otoni-MG, janeiro/2022
Crônica inédita

O ORÁCULO DE OLHOS TRISTES

Eu estava na sala de espera quando ele entrou, acompanhado da filha. Uma dentista havia me telefonado dois dias antes explicando o caso (nesta profissão, as pessoas são chamadas de casos). Pelo relato da colega e pelo pedido de atendimento urgente, imaginei que fosse algo mais grave. A moça mostrava-se aflita, mas falava com desenvoltura e clareza. Ele nada falava. Entrou, cumprimentou-me com um aceno de cabeça e deixou-se cair na poltrona. Aparentava uns 60 anos. Vestia uma camisa amarela de linho, amassada, e uma calça *jeans* suja e folgada nas pernas. Ele parecia saber que estava seriamente doente.

Seguiram-se os ritos hipocráticos: anamnese e exame físico, os ditos pilares da prática clínica, que nos convertem em *icebergs* dotados de um estoicismo instrumental. Precisamos ser impassíveis e objetivos. O desejável é habitar o vago limiar entre a firmeza e a amabilidade. E eis que se confirmaram as minhas suspeitas iniciais: ele certamente tinha uma lesão maligna, primária ou metastática. Voltei-me para os dois à minha frente e afirmei, categórico: precisamos biopsiar. O mais rápido possível. Amanhã mesmo.

A cirurgia ficou marcada para um sábado de manhã. O paciente mostrava-se ainda mais apático e dolente do que no primeiro dia. Prostrado na cadeira, fitava um quadro na parede. Não pronunciava uma só palavra. Seu corpo fora arrastado até ali, mas seus olhos baços denunciavam que sua alma estava longe.

Campos cirúrgicos, mesa cirúrgica, luz forte no rosto, antissepsia, gaze, anestesia, bisturi. "Não se mova! Fique quietinho! Isso vai ser rápido! Aspire, Daniela! Vire o rosto pro outro lado! Aspire, Daniela! Sente gosto de sangue? Um minuto, aspire aqui! Está quase acabando. Já vou suturar. Pronto, acabou! Está tudo bem? Sente dor? Que ótimo! Já vou liberar o senhor!"

Um ato. Duas visões. Eu sou o profissional: a razão. Represento a ciência fria e lógica. Mas que afortunado sou eu, que aprendi a gravitar entre a comiseração e o pragmatismo. Para ajudá-lo, eu preciso me vestir de racionalidade. Não posso ser como *Jerome Littlefield*, o personagem de *Jerry Lewis* que me fez rir compulsivamente numa Sessão da Tarde. Na comédia americana de 1964 "*The Disorderly Orderly*" (toscamente traduzida no Brasil como "O bagunceiro arrumadinho"), o formidável *Jerry* não consegue ser médico porque sente e absorve todos os sintomas dos pacientes. Ainda me lembro de vê-lo fazendo caretas e se contorcendo todo ao ouvir os relatos de uma senhora sobre a sua vesícula perfurada. *Jerome* sofria de um transtorno psiquiátrico, uma espécie de empatia desmedida e patológica. Orgulha-me ter logrado a difícil empatia calculada.

No entanto, caro leitor, para aquele paciente de olhos tristes debaixo do campo cirúrgico, eu era um hecatônquiro de quatro braços. Um gigante com a lâmina reluzente a cortar-lhe a carne. A impingir-lhe a impiedosa verdade. Eu era o dono do seu destino. Da sua vida. Dos seus sonhos. Eu daria a palavra final diante das incertezas rondantes. Inclemente, eu lhe cortaria o último fio de esperança. O meu *modus operandi* sutil e escrupuloso não seria suficiente. O meu sublime gravitar entre a piedade e o pragmatismo ainda resultaria áspero e cruel. Não, ele não me disse nada disso, mas pode ter sentido algumas dessas sensações conspicuamente humanas.

Três dias após a biópsia, fui informado de que o paciente fora internado. Estava anêmico, fraco e não conseguia comer. Antes de atendê-lo, os médicos já haviam identificado lesões supostamente malignas no cólon, fígado e pulmões, às quais se somara a lesão na boca que motivou a indicação ao meu consultório de Estomatologia (que é como se designa a parte da Odontologia que se ocupa das doenças da boca).

O laudo do laboratório chegou às minhas mãos em dez dias. Carcinoma: o tipo mais comum de câncer de boca. O paciente permanecia internado, agora na UTI. Informei o resultado à filha. Com sofrida aceitação, ela disse que já o esperava, mas que tinha fé em Deus que seu pai se recuperaria: "Ele é forte, vai voltar pra casa em breve" – afirmou a moça, com a voz trêmula. Num sábado ensolarado, logo pela manhã, exatamente duas semanas após a biópsia, minha secretária me encaminhou uma mensagem de *WhatsApp:* "Por favor, avise ao Dr. Luciano que o meu pai acaba de falecer."

Passei por isso tantas vezes em quase 30 anos de Estomatologia. Notícias duras. Negação. Desesperança. Morte. Vida. Sobrevida. Por que aquele paciente era diferente? Pela localização, era um caso raro (continuo a chamar as pessoas de casos), interessante para a ciência. Poderia investigar mais a fundo: seria primário? Seria uma metástase? De qual órgão? Poderia apresentá-lo no próximo congresso. Depois, escreveria o artigo e o publicaria numa revista prestigiada.

Renunciei a tudo isso. Abdiquei da minha vaidade científica. Escolhi não profanar os sentimentos da família. Escolhi não exumar o corpo do meu paciente num auditório de congresso. Eles não o conheceram como eu conheci. Eles poderiam não o respeitar como eu respeitei. Decidi guardá-lo só pra mim. Guardar aqueles olhos tristes como o livro que me ensinou a ser mais humano do que cientista. Guardar aqueles olhos tristes como o oráculo que me ensinou e me ensinará a ter compaixão por todos os olhos tristes que ainda terei de encarar.

Goiânia, março/2021

Publicada originalmente no site *Clube dos Escritores Fifties+* em 17/03/2021

ESTRUTURAL

Estava eu concentrado na tela do computador quando o rapaz negro entrou na sala. Aquela não era a minha sala, e sim a do professor a quem eu recorrera para destrinchar uns dados estatísticos. O colega que, com paciência beneditina, me explicava sobre regressão logística e outras amenidades cumprimentou o rapaz e logo retomou o seu laborioso encargo. Numa fresta da cachola, povoada por cálculos e inferências, veio-me uma curiosidade: quem seria aquele sujeito? Era uma cara nova por ali. Não era docente, nem funcionário da Universidade; também nenhum dos meus alunos. Deve ser alguém que veio consertar alguma coisa, pensei displicentemente.

Quando eu saía da sala, o colega, falando em inglês, apresentou-me ao jovem e me disse que ele era da Nigéria e acabara de ser aprovado no mestrado. Fiquei surpreso, e orgulhoso também. A presença de um mestrando estrangeiro atestava o prestígio da nossa pós-graduação. Conversamos rapidamente. O nigeriano mostrou-se muito simpático e bem-humorado. Disse ter nascido em Lagos e que estava adorando morar no Brasil e aprender o português. Ao despedir-se de mim, ensaiou um enviesado "prazer em conhecê-lo, professor".

Andando pelo corredor, o que me molestava não era mais a inescrutável estatística. Essa eu enfim compreendera, ainda que minimamente. O que me incomodava era a manifestação de racismo que eu acabara de engendrar. Não fora uma manifestação externa, de mim para o rapaz. De forma alguma eu o havia constrangido. Eu não lhe dissera nada ofensivo; pelo contrário, havia sido cordial, como se deve ser com qualquer pessoa. Mas, intimamente, eu me revelara racista ao supor que um negro desconhecido numa sala de universidade deveria ser um serviçal e não um estudante ou professor.

Imediatamente, lembrei-me da Djamila Ribeiro e percebi o quanto de racismo existe internalizado em nós. Latente, adormecido, mas que de repente mostra sua face nas mínimas ideias. E não há como ser diferente: somos produto de uma sociedade racista. Nossos pais, nossos avós nos introjetaram conceitos racistas. Quando eu tinha uns 15 anos, namorei uma mocinha negra. Namorico bobo, de bilhetinhos e encontros nas calçadas. Quando minha avó soube do fato, advertiu-me: "Olha, meu filho, fiquei sabendo que você está namorando a fulana. Ela é bonitinha, mas é preta, né? De vez em quando não tem problema. Mas tome cuidado pra não se acostumar e querer namorar só com moça preta. Isso é que não pode."

Vigiemos nossas falas, posturas, atitudes e veremos o quanto de racismo está impregnado nelas. Imagine um grupo de rapazes conversando numa mesa de bar, quando passa uma linda mulher negra. Um deles diz: "Ô nega gostosa!" Será que ele falaria "Ô branca gostosa" se fosse uma mulher branca? Acredito que não. Esse é o grito ancestral do senhor de engenho que come com os olhos as negras da senzala. Um método simples para sondar nosso racismo intrínseco é refletir se nos casaríamos ou gostaríamos que nosso filho se casasse com uma negra. Mas não pensemos no padrão estético da Taís Araújo, pensemos numa negra retinta, de lábios grossos e cabelos crespos à moda afro.

O julgamento mudo que fiz do estudante nigeriano foi uma demonstração inequívoca do racismo sistemático que habita a mente de todo brasileiro. É menos mal que esse pensamento preconceituoso que produzi tenha permanecido escondido, silente, inócuo. É menos mal, mas ainda assim me aborrece porque eu sei que ele existiu. Seria mais fácil se eu o subestimasse, negasse ou justificasse. Mas penso que o primeiro passo para combatermos o racismo no Brasil é nos reconhecermos estruturalmente racistas e nos dispormos a identificar e extirpar cada mínima eiva de racismo que insista em nos visitar.

Goiânia, dezembro/2021
Crônica inédita

DENTISTAS E COELHOS

A vida vária é mais divertida. Essa hipótese advém do meu temperamento inquieto. Talvez esteja errado. Quando digo vida vária, refiro-me a um caminhar mais solto, um existir menos direcionado, que nos permita surfar na pluralidade do mundo. Quando fazemos isso, criamos espaço para afinidades desatreladas da nossa ocupação principal. Aqui estou falando de satisfação pessoal, mas os operadores do *coaching* (palavra da moda) ensinam que a atuação em duas ou mais carreiras é uma estratégia válida para aumentar a empregabilidade e o sucesso no mercado de trabalho.

Eu não entendo nada de *coaching*, mas me arrisco a elucubrar sobre a busca de um viver mais fecundo e feliz; e opino que diversificar os cenários pode ajudar. Parece que os médicos são mais propensos a essa conjuminância. Jorge de Lima, Guimarães Rosa, Pedro Nava, Drauzio Varella e Karina Oliani são alguns famosos que associaram o uso do estetoscópio a outras aptidões. Jorge de Lima, por exemplo, foi clínico geral, vereador, tradutor, poeta, desenhista e pintor. Quando se mudou para o Rio, na década de 30, ele atendia seus pacientes em um consultório na Cinelândia que também funcionava como seu ateliê de pintura. O Dr. Jorge é um exemplo de como a prática profissional pode conviver e, mais que isso, enriquecer-se com outros saberes.

E os dentistas? Também sabem ser *multimedia*? Poucos. Lembro-me de dois: Guinga, dentista e músico, e André Tartarini, dentista e escritor. A história do Guinga é curiosa. Ilustre desconhecido do grande público, o Dr. Carlos Althier é violonista e compositor. Aldir Blanc foi seu paciente e parceiro em muitas canções. Só que, diferente de Aldir, que abandonou a Psiquiatria, Guinga conciliava o consultório e a carreira musical. E não fazia isso apenas por dinheiro. Recentemente, ele declarou que se orgulhava da Odontologia e que a carteira do CRO (não a de músico) havia sido o seu salvo-conduto para receber a almejada vacina. Guinga se protegeu da Covid. O pobre Aldir não teve a mesma sorte.

Falar de Guinga me fez recordar uma carta ao editor (em espanhol) que escrevi há alguns anos: *Odontología: ciencia o arte?* No texto, eu respondi à pergunta argumentando que os dois conceitos não eram excludentes, mas complementares. A Odontologia era uma profissão privilegiada exatamente por ser uma ciência irmanada com a arte. De fato, há dentistas que constroem sorrisos como verdadeiros artesãos. O talhe artístico é inerente à Odontologia. Falta-lhe ampliar o olhar. Falta acercar-se das outras artes e dialogar com elas. Simbolicamente, o que Guinga fazia era uma amalgamação manual das duas artes, a música e a Odontologia. Ferreira Gullar escreveu: "*A arte existe porque a vida não basta.*" Concordo com o poeta: arte é fundamental.

Eu citei dentistas que conseguiram transpor os limites do céu da boca, mas acho que esses ainda são raros. Em geral, o dentista padece do que chamo de comportamento cunicular: age feito um coelho habituado à sua toca. Talvez isso possa ser explicado, ao menos em parte, pelo determinismo de meio. Desde a faculdade, o dentista é condicionando a trabalhar em espaços delimitados – o box da clínica, a boca do paciente, a cárie, o preparo cavitário, a bolsa periodontal, o canal radicular – e com o tempo ele vai se afeiçoando a essa exiguidade. Seria como um vício ocupacional. Suspeito que essa visão treinada pra ser específica e focada possa atrapalhar ou mesmo impedir que o profissional de Odontologia desperte e desenvolva outras habilidades.

Desde muito jovem, eu identificava em mim uma queda para a literatura. A Odontologia e a docência soterraram esses desejos. Durante muitos anos, eu achava que não tinha tempo para leituras não científicas. Julgava que se o fizesse, estaria traindo a minha profissão e a santa ciência. Apenas recentemente eu me dei conta de que, pelo contrário, a diversidade de saberes me tornava melhor como profissional e como pessoa. Percebi que não era pecado ler um artigo de Patologia e depois, um poema do Bandeira. Foi um alívio e uma alegria perceber que as minhas paixões poderiam conviver sem se digladiar.

Finalizando o bate-papo, sustento a tese de que a vida confinada ao ofício nos deixa oblíquos, feito barcos adernando pra bombordo ou estibordo. Com isso não quero dizer que os dentistas precisem ter outra profissão, mas simplesmente abrir a mente pra novos caminhos: cinema, música, poesia, artes plásticas, esportes, dança. Acredito, inclusive, que isso nos torna mais sensíveis na prática clínica. Pra navegar com equilíbrio, entendo que a assimilação de outros pensares e interesses seja uma forma de deixar o barco mais estável e mais preparado para cruzar esse oceano inconstante e misterioso que é a vida.

Goiânia, agosto/2021
Publicada originalmente no site *Clube dos Escritores Fifties+* em 11/08/2021

HERMENÊUTICA DA ORELHA

Os cinéfilos mais vividos irão se lembrar da cena inicial de "Veludo Azul" em que Kyle MacLachlan encontra, num terreno baldio, uma orelha humana cheia de formigas. Aquele pedaço de carne morta, decepada de algum corpo, era o gancho que o roteirista escolhera para nos transportar aos subterrâneos pantanosos e obscuros da natureza humana. A cena da orelha é marcante, e ao me recordar dela, senti vontade de rever o filmaço de David Lynch; mas não foi só esse o efeito: acometeu-me uma súbita comiseração pela orelha em si. É verdade: comecei a intuir que a pobrezinha era uma peça corporal rejeitada e, muitas vezes, vítima de terríveis agressões

Vejam vocês que não é incomum a orelha estar envolvida em atos violentos. As crônicas policiais estão cheias de amantes traídos que arrancaram as orelhas dos parceiros valendo-se de facas, tesouras, estiletes ou dos próprios dentes. Mike Tyson não arrancou, mas durante uma luta, mordeu a orelha de Evander Holyfield por duas vezes. A compulsão contra a orelha remonta a priscas eras. O evangelho de São João relata que Malco, um dos guardas que foram prender Jesus no Getsemani, teve a orelha direita cortada pela espada de Simão Pedro. Um acesso de loucura teria levado Van Gogh a amputar a própria orelha esquerda. Fiquei conjeturando: de onde viria essa animosidade antiauricular? E por que o alvo era especificamente a orelha, e não o nariz, por exemplo?

A princípio, recorri a uma base anatômica. Analisemos: as orelhas são apêndices corpóreos que se projetam bilateralmente da cabeça. Essa posição ostensiva, dupla e vulnerável pode ser um convite às agressões, tornando-as mais fáceis. O puxão de orelhas ainda é muito utilizado como medida educativa. No meu tempo de menino, as professoras tinham a prerrogativa de castigar os alunos com palmatórias, varas de fedegoso e outros instrumentos punitivos. Lembro-me de colegas que chegavam a ser arrastados coercitivamente pelas orelhas. Hoje, felizmente, esses métodos didático-pedagógicos não mais existem; mas o *bullying* sim, e o velho peteleco nas orelhas continua firme.

A outra explicação seria psicológica: sendo naturalmente feiosa, a orelha causaria (nos outros e no próprio dono) uma espécie de aversão, de repulsa consciente ou inconsciente. De fato, a orelha tem uma morfologia estranha e até um pouco grotesca. O pavilhão auricular é uma antena parabólica cartilaginosa que foi planejada para captar e conduzir os sons ao ouvido interno. Nesse quesito, seu desenho é perfeito; o problema é que a exigência funcional gerou um comprometimento estético, que pode ser incômodo ou inaceitável. Notem que as mulheres, seres especialmente afeitos ao belo, nunca trazem suas orelhas desnudas, e sim escondidas pelo cabelo ou adornadas com brincos e penduricalhos. Não duvidem: esses enfeites, sejam eles discretos ou extravagantes, únicos ou enfileirados, estão lá com o claro propósito de disfarçar a fealdade dos pavilhões.

É incontestável: quando o assunto é beleza, as orelhas são sempre preteridas. Os donos as rejeitam. Os poetas não lhes dedicam loas. Drummond escreveu um poema para a orelha, mas não a da mulher e sim a do livro. É isso, meus amigos: nossos pavilhões são tidos apenas como utensílios feios. Eu nunca ouvi alguém dizer: "Que orelhas lindas ele tem: robustas, imponentes" ou "acho aquela garota um charme com aquela orelhinha arrebitada!" Não, essas lisonjas não existem. É ainda mais injusto pensar que logo elas, especialistas em lidar com os sons, tenham a atribuição de carregar expressões como: "Que olhos sedutores", "que narizinho delicado", "que boca gostosa", sabendo que elas próprias jamais serão adjetivadas como sedutoras, delicadas, gostosas. Uma iniquidade.

Bem, mas agora basta! Chega de hostilidade e desprezo contra as orelhas. Prestarei aqui a minha contribuição para reparar uma injustiça histórica. Que nossas antenas recebam o tardio reconhecimento por uma vida abnegada e dedicada ao nosso bem-estar e segurança. Reconheço que elas sejam figuras pouco harmoniosas e, às vezes, até disformes, mas olhemo-las com carinho e as veremos simpáticas, e o mais importante: nunca nos esqueçamos de que seus inúmeros benefícios compensam qualquer descompostura. É impressionante como as orelhas são prestativas e têm serventias que vão muito além da audição.

Neste exato momento, só consigo escrever graças a elas, que me sustentam os óculos. Com a pandemia, tornaram-se essenciais para segurar as máscaras. É interessante que, na medicina chinesa, a orelha representa um feto de cabeça pra baixo e, por isso, teria conexões com todas as partes do corpo. Com base nesse princípio, a acupuntura e a auriculoterapia mitigam dores e outros males do corpo e da mente. Em "Codinome beija-flor" Cazuza fala sobre uma orelha que escuta segredos de liquidificador. As confidências, essas dormem em silêncio, mas suponho que o "liquidificador" seja o frenético contorcionismo lingual intra-auricular. É, ela pode até ser feia, mas é uma poderosa zona erógena. Enfim, a orelha é esse órgão multifuncional e admirável que merece todo o nosso respeito. Quem tiver ouvidos (e orelhas) para ouvir que ouça.

Goiânia, outubro/2021
Crônica inédita

SOBRE MINEIRICES GERAIS E ABSTRATAS

Erroneamente atribuído a Drummond, o poema "Ser Mineiro" foi escrito pelo patrocinense José Batista Queiroz e é uma ode ao jeito mineiro de ser (acho que Drummond não seria mesmo tão generoso). Queiroz – o escritor, não o fujão – desenha o mineiro com a pena do bairrismo e a tinta da demasia. A figura que surge é a do ser dotado de esperteza, simplicidade, modéstia, sabedoria e uma desconfiança milimetricamente calculada. O rol das virtudes não para por aí: o poeta ressalta a bravura, a fidalguia e a elegância do habitante das montanhas. O que fala pouco e escuta muito. O apreciador da natureza. O amante da liberdade, das letras e das artes. Ufa! Como é bom ser mineiro.

O poema era uma espécie de cartão de identidade obrigatório em casa de mineiro. Especialmente se o montanhês se encontrasse longe dos seus domínios. Era o nosso caso. Morávamos três mineiros na bucólica Goiânia no início dos anos 80. Obviamente, na parede da república, ostentávamos o nosso RG: lá estava o "Ser Mineiro" em letras garrafais, enquadrado, com moldura e *passe-partout*. Volta e meia ouvia-se alguém declamando os versos a alguma moça que nos visitava. E a diáspora mineira ia trazendo mais gente. De Pirapora veio o Rômulo Santos, pra prestar o vestibular de Engenharia. Após ler o texto na parede, o Rômulo afirmou, categórico: "Se ser mineiro é tudo isso aqui, então eu acho que não sou mineiro não"!

Na época, protestei, contrafeito: como não se apropriar de predicados tão nobres? Tudo aquilo era nosso por direito. Porém, hoje, tendo um pouco mais de siso do que aquele "dezoitanista" deslumbrado, eu entendo a recusa do Rômulo em identificar-se com a lavra ufanista de Queiroz. O estro do poeta dera-nos virtudes demais. Além de inverossímil, aquilo tudo poderia nos sufocar. Não tínhamos direito nem a um defeitozinho? Uma imperfeiçãozinha à toa? Nós precisamos delas para sermos homens e não lendas.

Antes que o leitor me tome por mal-agradecido, ressalto que não estou negando a minha raiz fincada no solo dos Gerais: orgulho-me dela. Admito, inclusive, possuir algumas das mencionadas virtudes. Entretanto, aproximo-me mais da multiplicidade enigmática de Minas do que da exaltação desmedida. Drummond escreveu que "*Minas não é palavra montanhosa, é palavra abissal.*" Minas é antítese. Território do inescrutável. Ao mesmo tempo luz e mistério (como diz a canção de Beto Guedes e Caetano Veloso).

Numa madrugada fria de julho, estava eu sentado no último degrau da escadaria da igreja de Santa Rita, no Serro. Lá embaixo, a velha cidade ainda dormia. Do alto, eu avistava os telhados de quatro águas, o zimbório das igrejas, as palmeiras, os morros. Era impossível não se emocionar com o belo que emanava da paisagem setecentista. Porém algo nostálgico e triste me rondava. Comecei a ouvir sons. O tropel das mulas. Os cincerros batendo. Vozes. Ouvi o estalar do látego. O gemido dos moribundos. O murmúrio dos loucos. Naquele inesquecível amanhecer, um anjo torto e morador das sombras experimentava o encantamento e a melancolia de ser mineiro.

Goiânia, agosto/2020
Publicada originalmente no *Diário Tribuna* em 08/09/2020

ASTERIX, A FÊNIX E O MEDO DA MORTE

Um sujeito embriagado entrou na igreja católica, justo na hora da homilia. Foi cambaleando pelo corredor central e postou-se de pé a poucos metros do altar. Apesar de mostrar-se visivelmente incomodado, o padre continuou:

— Irmãos, precisamos ter a nossa vida pautada pelos ensinamentos de Jesus. Só assim chegaremos à glória celeste e habitaremos o reino de Deus. Eu acho que todos vocês, se estão aqui, é porque querem ir pro céu, não é verdade? Quem quer ir pro céu que levante a mão direita!

Todos ergueram a mão, exceto o bêbado. O padre, então, o questionou, com ar inquisidor:

— O senhor não quer ir pro céu?

— Uai, querer eu até quero, mas eu pensei que era pra ir agora, e agora eu não quero não.

Essa é a sinceridade dos bêbados: ir pro céu significa morrer, e ninguém quer morrer agora, nem que seja pra morar no paraíso. A morte é sempre pra depois. Implicitamente, os paroquianos ali sentados estavam dizendo que o céu era preferível ao inferno. Sim, eles queriam ir pro céu, mas em última instância. Inclusive, muitos ali (se não todos) rezavam fervorosamente, pedindo a Deus saúde e vida longa, ou seja, rogavam que o maravilhoso reino de Deus de que o padre falava tardasse o máximo a chegar.

A anedota deixa patente uma característica humana: ninguém está preparado pra morrer. Ninguém quer morrer. Quase todos têm medo da morte. Só que os medos podem ser diferentes. Alguns temem apenas o durante, a dor de morrer. Outros, o antes, o durante e o depois. Alguns crentes temem especialmente o *post mortem*, o desconhecido, o sofrimento da alma. Historicamente, a igreja católica insuflou esse medo do inferno. Quando o padre perguntou aos fiéis se queriam ir pro céu, estava alertando sobre responsabilidades terrenas que, se não cumpridas, poderiam ocasionar choro e ranger de dentes após a morte.

Muitas vezes o temor e o não querer se misturam, convertendo-se numa espécie de aversão temerosa, que independe de crença ou religião. Sejam ateus, católicos, evangélicos, espíritas, judeus ou budistas, ninguém quer morrer e muitos têm medo. Isso é normal e instintivo. Obviamente, existem vários motivos pra querer continuar vivo. Dentre eles, um me parece especialmente forte, quando penso na morte sob o ponto de vista pessoal: o fim do prazer. Crendo ou não na existência da alma, o homem rejeita instintivamente a morte porque ela representa a extinção do corpo; e morrendo a matéria, morrem todos os prazeres: os nobres e os mundanos.

Posso estar sendo reducionista, mas insisto na tese de que o fim dos prazeres corpóreos e mentais é a razão central para não se querer morrer. Nascemos com um corpo dotado de cinco (ou mais) sentidos que precisam ser atendidos. Só sabemos viver pelo prazer: de comer, de beber, de fazer sexo. Além dos físicos, há os prazeres afetivos e intelectuais: o amor, a amizade, o reconhecimento, o trabalho, as produções científicas e artísticas. Esses são, por certo, mais sublimes, mas não deixam de ser prazeres.

Outro problema é que não morremos só pra nós, há muita gente envolvida. A morte é social, pois significa separação, alijamento, ausência. Quando morremos, nós nos separamos das pessoas a quem amamos; nós sumimos da vida delas e isso lhes causa dor. Esse é outro importante motivo por que não queremos morrer: não queremos que as pessoas sofram por nós. Às vezes, queremos também seguir cuidando dos outros, dos pais e filhos especialmente, e a morte impiedosamente frustra esses planos. Em suma, morrer é sempre *phoda*!

Até aqui eu só chovi no molhado, desfiei lugares comuns. Mas vou chacoalhar esta prosa contando-lhes que existiu um povo que não temia em nada a morte, e até a desejava deliberadamente: os gauleses. Asterix, o baixinho bigodudo, era um desses guerreiros destemidos que se lançavam nos campos de batalha de peito aberto, sem escudo, sem armadura, e enfrentavam os romanos "no braço". Aqueles que morriam eram largados pelo caminho. Os gauleses riam na cara da morte. Esse misto de destemor e insanidade justificava-se porque eles acreditavam que, após a morte, renasceriam em outros corpos, mais jovens e mais fortes. A morte era uma ponte pra outra dimensão, melhor do que aquela na qual viviam.

Essa convicção de renascer em outro corpo era tão sólida que alguns gauleses mortos eram enterrados junto com seus cavalos, suas carruagens, suas armas; pertences que seriam, brevemente, utilizados quando reencarnassem. Embora não concorde integralmente com essa concepção, penso que a ideia de renascimento *per si* é mais razoável do que a de negação da morte e perpetuação do corpo físico. A família de um pastor, em Goiás, esperou 3 dias pela sua prometida ressureição. Não funcionou. Fala-se que, algum dia, o homem será imortal, que a medicina curará todos os males. Tolice. A morte é inevitável: alguma hora o corpo vai morrer, de doença, "de susto, de bala ou vício". Melhor é aceitar e transcender.

Sentir medo e não querer morrer são atitudes perfeitamente normais. Afinal, estamos tratando do nosso maior tormento, um Cérbero nebuloso que nos ameaça desde o dia em que nascemos. No entanto, opino que negar a morte não é uma boa estratégia. Melhor é ser quase amigo dela. Primeiro, aceitando que ela virá e que não temos controle sobre isso. Segundo, apegando-se à ideia da transmutação, à metáfora da Fênix, que renascia das suas cinzas. O esquema é conceber a morte não como fim, mas como mudança no estado vital, não do físico pro físico, como pensavam os gauleses, mas do físico pro fluido, imaterial e imponderável.

Eu não estou falando de fé (apesar de tê-la), estou falando de ciência. As experiências de quase morte, desenvolvidas há mais de 50 anos, trouxeram o conceito revolucionário de que a mente é capaz de funcionar sem o cérebro. O que as religiões sempre ensinaram, agora é a ciência quem fala: existe uma parte humana incorpórea que permanece viva após a morte. O conceito científico de mente não física se aproxima do conceito religioso de alma. É muito pra vossas cabeças incrédulas? Pesquisem, leiam a respeito. Mas, antes, dispam-se de todas as ideias preconcebidas e se joguem nesse limbo existencial. Talvez isso amenize vossas angústias, talvez não. Vale a pena tentar. Comigo funcionou. Hoje estou mais em paz com a minha morte.

Este é um assunto que não se esgota. Um saco sem fundo. Fiz aqui um ensaio meramente especulativo, e um tanto pretensioso. Intimamente, eu acho que a vastidão inimaginável do universo é incompatível com uma existência humana apenas física, e limitada a cento e poucos anos. Deve haver algo muito maior, eu é que não conheço. Por isso, creio na permanência da porção não física do homem após a morte, que se pode chamar de mente, alma ou espírito. Isso não elimina o temor da morte, mas suaviza, acalenta, reconforta.

Rio, abril/2022
Crônica inédita

JABUTI TECNOLÓGICO

Vivemos num mundo acelerado, onde quase tudo precisa ser rápido: internet rápida, caixa rápido, lava rápido, *drive-thru*, *fast-food*, *fast-fashion* e outras ligeirezas modernas. Essa velocidade das coisas nem sempre é ruim. É perfeitamente compreensível que ninguém queira uma internet lenta, nem permanecer por horas numa fila de banco, supermercado ou farmácia. Usada com racionalidade, a rapidez tecnológica é bem-vinda. O problema é a *overdose*, o excesso, a generalização do conceito *fast*. Circunda-nos, hoje, uma aceleração tão onipresente e poderosa que também nós, homens citadinos, nos tornamos fatalmente acelerados.

Isso é facilmente perceptível, sobretudo entre os jovens. Meus filhos não têm paciência pra ouvir um áudio na velocidade normal. Meus alunos também não. Descobri que ouvir áudios acelerados é um comportamento sistemático da juventude atual, e mesmo daqueles que já passaram da flor da idade. É sintomático: as pessoas estão mais impacientes, mais apressadas. Com isso ações intrinsecamente demoradas, como a conversa face a face, a leitura, a escrita, o estudo e a contemplação foram sendo corrompidas ou suprimidas. Estamos cada vez mais velozes e ansiosos, surfando na era da velocidade máxima e da profundidade mínima. Seria um estigma do século 21?

Não e sim. Quando compôs "*Vou danado pra Catende*", na década de 70, Alceu Valença já se queixava dessa roda-viva urbana: "*Ai, Delminha, ouça essa carta que eu não escrevi. Por aqui tudo corre tão depressa, se você tropeça não vai levantar. Tudo corre tão depressa, as motocicletas se movimentando, os dedos da moça datilografando, numa engrenagem de pernas pro ar*". Vejam que numa época de cartas e máquinas de datilografar, a cidade de Alceu lhe parecia alucinante. Tudo é uma questão de referência. Entretanto, suspeito que com o advento da internet, e especialmente do celular, o ritmo das cidades e das pessoas tornou-se ainda mais agitado.

Eu devia ter uns 12 anos quando ganhei a minha primeira câmera fotográfica: era uma *Kodak Instamatic*. Comprávamos um filme de 12 ou 24 poses e saíamos fotografando os assuntos. Ouvia-se um *click* e pronto: a foto estava feita, e passávamos à próxima. Só após "bater" todas as poses é que retirávamos o filme e o levávamos à loja para revelar. Éramos treinados a ser pacientes. Hoje, temos nas mãos um aparelhinho que fotografa, filma, recebe e envia mensagens de texto e de voz, e além disso é rádio, é televisão, é computador, é GPS, é banco virtual (o celular é quase tudo, inclusive telefone). E o faz de forma rápida, instantânea. Isso é bom, mas nos deixa viciados em velocidade.

O homem tecnológico ficou com a sequela de querer agilidade o tempo todo, de estar sempre com pressa. O *fast* é pop. Se refletirmos um pouco, veremos que acelerar a vida não é um bom negócio, primeiro porque ela já é naturalmente efêmera e segundo porque o desfecho é sempre a morte. Quanto mais aceleramos nosso viver, mais nos aproximamos do nosso inexorável fado. Sensato é aceitar-lhe o curso natural, "*compreender a marcha e ir tocando em frente*", como disse Renato Teixeira. Não apressemos o rio; ele tem seu tempo próprio pra chegar até o mar.

Pra isso, precisamos nos libertar das artimanhas da tecnologia. Sermos maiores do que ela. Sermos o senhor e não o servo. Eu tenho pensado muito sobre essa vertigem do mundo. Será que essa velocidade vai continuar aumentando? Até quando? Será que atingiremos um ponto de inflexão? Vai saber. Por ora, quero resistir. Buscar a calma, o compasso lento, ser a contramola. Quero converter-me num jabuti tecnológico, aquele que olha o torvelinho à sua volta e não subverte sua índole. Mantém o passo vagaroso e segue, resoluto e tranquilo, caminhando e apreciando a paisagem.

Goiânia, agosto/2022
Crônica inédita

FLORES QUE A GENTE REGUE

Para Iracele

Eu poderia ter te escrito antes, amor. Me perdoa, andei procrastinando, esquivando-me de entrar no lago silencioso e revolver o lodo assentado no fundo. Ainda tenho dificuldade pra ver suas fotos. Seus vídeos e áudios gravados, proscrevi. Depois da queda me aprumei um pouco e tenho caminhado, é verdade, mas o passo é arrastado e vacilante, vai mais por inércia do que por vontade. A duras penas, venho digerindo a amarga resignação de estar só. Aos poucos fui assentindo que a vida é mesmo um instante incompleto, um gesto frustro, como escrevi num poema. Escrever machuca, mas é uma catarse necessária.

A ideia aqui é redigir uma cartinha das antigas, à moda daquelas que eu te escrevia com caneta e papel almaço. O ambiente ajuda, pois vim estar nos seus domínios, vim dormir e acordar no seu berço, vim pisar no seu chão. Meu escritório é a sombra do pequizeiro, e como são deliciosas estas manhãs de julho no seu Norte, nosso Norte. A de hoje me chega especialmente amena, nem quente nem fria, fartamente agradável aos olhos e aos ouvidos. Inda mais agradável seria não fosse a crueza da sua ausência, que aqui se materializa por todo lado: na claridade do dia, na aragem sã, nas flores da buganvília e no olhar tristonho de sua mãe.

A atmosfera campestre me trouxe um travo a mais: nossa última viagem. Lembra? Estávamos no meio da pandemia e desejávamos desesperadamente fugir da clausura em que se convertera nossa casa. Achamos o lugar perfeito: um chalé de madeira, aconchegante e isolado, nos arredores de Pirenópolis. Fomos infinitamente felizes naqueles 3 dias. Apenas você, eu e a natureza. Você tomou banho de cachoeira, meditou, viveu. Tivemos jantar à luz de velas. Bebemos vinho. Dormimos embriagados e juntinhos. Você riu da minha luta inglória contra a lagartixa que queria nos visitar. Quem, de fato, nos visitou foi o costumeiro amor, aquele que nos envolvia e nos colava um no outro como um visgo.

Eu preciso te dizer o quanto me faz falta sua alegria, sua risada sonora e cicatrizante, sua aura luminosa, sua voz, seus olhos morenos, sua vida tatuada na minha. Eu também preciso te dizer que nunca conheci alguém que tratasse o outro com tanto respeito, que valorizasse todas as pessoas simplesmente por elas serem pessoas. Por isso, a minha mente terrena ainda se pergunta por que os verdadeiros amores se racham e os espúrios resistem. Por que a minha carne foi cortada ao meio. Por que uma alegria incontrolável teve de se apagar tão cedo. Essas respostas por certo existem, mas não pertencem aos seres que rastejam neste mundo. Ainda assim, eu tento perscrutá-las, tirando meus pés do chão e elevando os olhos pro alto.

Tenho olhado as estrelas, amor, e conversado com elas feito Olavo Bilac. Uma noite dessas, uma estrelinha falante e sabida me contou que existem 200 bilhões de galáxias, cada uma delas com 100 bilhões de sóis. Estruturas tão longínquas que nem o mais potente telescópio é capaz de alcançar. Essa inimaginável vastidão me fala de todo o existente que escapa à minha visão, de como são limitadas minhas percepções. Que sabemos nós sobre a natureza íntima do corpo e do espírito? No entanto, apesar de haver muito mais dúvidas do que certezas, eu refuto a teoria do caos. Pelo contrário, acredito que o universo e os homens são regidos por uma equidade matemática, uma retidão milimétrica que ora se eclipsa, mas que algum dia entenderei.

O certo é que nossa história não acabou. Ainda que estejamos em esferas diferentes, há um laço invisível que nos une, uma seiva transcendental que nos sustenta. Quando o Cristo disse "Meu Reino não é deste mundo", estava nos ensinando um princípio fundamental: que a vida não é só aqui, que existe outra morada, um reino, um lugar de riquezas, a maior delas o amor, eterno e indestrutível. Tivemos nosso pequeno reinado material: nossa casa, nossas manhãs, nossas flores. Esse palácio se desfez, mas algum dia nós o reconstruiremos de luz: teremos outro lar que nos abrigue, novas manhãs que nos alegrem, novas flores que a gente regue.

Um beijo carinhoso do, sempre seu, Luciano.

Araguaína-TO, julho/2022
Crônica inédita

ANOTAÇÕES DO CLAUSTRO

01/06/2020: PASÁRGADA É AQUI

Acordei com um forte desejo de evasão. De fugir pra algum lugar. Minha casa-barco foi se tornando rude, inóspita, insípida. Há dois meses eu navego à deriva no mar do tempo. Do convés eu vejo a mesma paisagem monótona. Os dias são todos iguais. A janela emoldura um céu anil e uma palmeira imperial. Mas não consigo mais ver beleza; nem na palmeira, nem no azul do céu. Lembro-me da Canção do Exílio quando ouço os bem-te-vis cantando no pé de goiaba. Eles não gorjeiam como antes. O canto deles agora é lamentoso, opaco. As desconfiadas rolinhas se foram. Apareceu uma ratazana morta dentro da máquina de lavar. Seria o fim da felicidade?

Nessa triste manhã de maio, tencionei fugir pra Pasárgada. Livrar-me desse tempo de cardos. Suspirei pelo "perfume das rosas, dos lírios, dos nardos e outras espécies olorosas". Lá, em Pasárgada, eu verei o Bandeira, com seu sorriso de quem engoliu um piano e seus óculos fundo de garrafa. Ele não estará de terno e com semblante grave. Estará de bermuda, sem camisa, descalço; debaixo de um coqueiro, com a cabeça no colo de uma prostituta bonita. Eu o verei à distância, pois não quero tirar-lhe o deleite. Antes, quero eu também desfrutar dos delírios gozosos de Pasárgada. O frescor dos banhos de mar. Os passeios de bicicleta. A liberdade irrestrita. A amizade do rei. A cama que escolherei.

À tarde, foi difícil me concentrar no teletrabalho. A cabeça ainda girava pelas oníricas ruas de Pasárgada. De súbito, acudiu-me o Senso da realidade. Como se eu caísse da cama e despertasse de um sonho bom. Qual Pasárgada o quê! A vida boa é a simples. Você não precisa de arrebatamentos para reencontrar sua felicidade. Deixe Pasárgada para o lirismo irresistível do poeta. Você precisa do lugar comum. A benévola rotina. O fim do expediente esperado ansiosamente. O boteco nas sextas-feiras. A conversa fiada. O petisco. O chope redondo. Até o trânsito caótico de Goiânia. Transitar. Ir de um lugar a outro. Saborear o normal. Essa é a Pasárgada que queria de volta.

À noite, o Senso volta e me sacode pelos colarinhos. Que desejos vis são esses? Olhe pra você agora. Deitado em berço esplêndido, ao lado da mulher amada. Seu filho lhe faz um cafuné na cabeça. O cachorro lhe fita um olhar piedoso. Você dorme, acorda, conversa, anda. Almoça e janta. Olhe à sua volta. As marcas da batalha estão em toda parte. Escute o choro das viúvas, dos filhos, das mães. Compadeça-se com a asfixia solitária do respirador.

Aconselha-me o Senso: sinta apenas a graça do momento, o milagre do existir. Já lhe bastariam; mas você ainda tem mais. O lar. O pão e o vinho. A poesia do Bandeira. E não precisa de seiscentos reais. Que mais você quer nesses tempos de guerra? O requinte da liberdade? A alegria desenfreada? Não. Isso ainda não te cabe; e creia, continua o Senso, você é um privilegiado. Envergonhei-me dos desejos ilícitos. Depois, ponderei: somos seres frágeis e obtusos. Perdoe-nos, Senhor. Acertei-me com o Senso e dormi o sono dos justos.

Na manhã seguinte, já era junho. Abri a janela e o céu parecia mais lindo do que nunca. A palmeira imperial balançava suavemente e, agora, era enfeitada por um casal de araras-canindés. De cima do muro, um par de rolinhas me olhava furtivamente, como que me perguntando: E aí, não tem mais painço pra nós? Enchi o comedor e fui pra cozinha começar o dia. Uma surpresa: o lírio da paz que resistia num pequeno vaso de plástico florescera; lindo, diáfano, iluminando a casa. O gracioso *Spathiphyllum* me dava uma última lição. Num espaço de 20 centímetros, com pouca terra, pouco adubo e pouca luz, ele fora capaz de fazer brotar, de dentro de si, a flor da paz. Tomo café mirando o lírio e me convencendo definitivamente: Pasárgada é aqui.

Goiânia, junho/2020
Publicada originalmente na *Revista Bula* em 01/07/2020

26/09/2020: A AMENDOEIRA DE COPACABANA

O ofício de cronista exige que prestemos atenção à natureza (mesmo que ela não preste atenção em nós). Isso escreveu Drummond nos anos 50, mas o poeta foi além da observação e, saborosamente, conversou com uma velha amendoeira à frente da sua janela. Superpoderes de poeta. Acredito que o espírito extrovertido da árvore – próprio dos cariocas – tenha contribuído para a fluidez do colóquio. Provecta e espirituosa, a amendoeira explicou que começava a outonear, mas que o tempo andava desorganizado e, com isso, ela ainda trazia um resto de verão, uma antecipação de primavera e uma suspeita de inverno. Ao final, filosofou: outoniza-se com dignidade, meu velho.

Se a vizinha de Drummond sentia o mundo desorganizado nos distantes anos 50, imagino o que ela diria dos tempos atuais. Em março, o planeta saiu dos eixos e depois começou a girar ao contrário. Alguns se acostumaram, outros ainda não. Veraneamos assustados. Outoneamos acuados. Inverneamos ressabiados. Há pouco, começamos a primaverar, meio sem jeito, dançando fora do compasso. Insistimos em ser primaveris autênticos e o máximo que conseguimos é um arremedo de normalidade.

Se tivesse os poderes de Drummond, também gostaria de conversar com a natureza. Eu até tento, mas ela não responde (pelo menos não em uma linguagem inteligível). Outro dia, comentei com a minha jovem pitangueira: Que calor é esse? Ela quedou-se muda e estoica. E era mesmo um calor "de derreter os untos" como diria o Otto Lara Resende. Mantive a contemplação. O jasmim estava vistoso e cheio de florezinhas brancas. Um casal de bem-te-vis fazia piruetas no céu. O poeta tinha razão: a natureza não prestava atenção em nós. Mais do que isso, ela não precisava de nós. Ela era mais competente do que nós para lidar com o mal que nós nos causávamos.

Mas eis que a chuva caiu sobre a terra. Os pingos gordos e afoitos encharcaram as almas desérticas que definhavam, letargicamente, como frutas desidratadas. Escrevi letargicamente e o corretor sugeriu: liturgicamente. Sugestão aceita, meu chapa. Assim, liturgicamente, a chuva poderia ser uma ablução. Um rito de purificação para os pecadores. Será que merecemos a indulgência? Os fiéis acreditam que sim, que sempre haverá chuva. Os racionais dirão que não, que o Universo pode se cansar das nossas transgressões.

Aprenderemos nós com essa desorganização do mundo, essa noção de tempo perdido, essas estações enviesadas, esse calor que derrete os untos, os ossos e os nervos? Tomara que sim. O ciclo das estações está se fechando e vem chegando o verão novamente. Precisamos, como a amendoeira de Copacabana, guardar um pouquinho de cada estação para que, no próximo ciclo, comecemos a outonear com dignidade.

Goiânia, setembro/2020

Publicada originalmente na *Revista Bula* em 28/11/2020

18/12/2020: TIRA ESSA MÁSCARA E ME DÁ UM BEIJO!

A Fundação Oswaldo Cruz acaba de lançar uma cartilha com orientações explícitas para diminuir os riscos de transmissão da Covid-19 durante as festas de final de ano. Excelente material. Aliás, a Fundação recomenda e dá exemplo: quem visitar o Pavilhão Mourisco, no Rio de Janeiro, vai ver que até o Dr. Oswaldo Cruz está de máscara. Brincadeiras à parte, faço aqui uma reverência a essa instituição centenária que, incansavelmente, vela por nós. A Fiocruz é mesmo um panteão da ciência, um patrimônio da saúde pública brasileira (estou sendo sincero, e não sarcástico como de costume).

Logo no início, a cartilha aconselha que a maneira mais segura de passar o Natal e o Réveillon é ficar em casa e comemorar com as pessoas que já vêm, heroicamente, convivendo sob o mesmo teto. Seria uma celebração comedida, é verdade, porém mais sensata. Entretanto, se a tentação de festejar com os amigos e familiares for incontrolável, a Fiocruz reforça as recomendações para uso de máscaras, higiene pessoal e distanciamento. Acontece que essas medidas básicas, sobejamente conhecidas (e teimosamente negligenciadas), tornam-se difíceis, ou mesmo impossíveis de cumprir nas nossas tertúlias findanistas, sempre francas e efusivas.

O problema é que qualquer reuniãozinha inocente, ainda que no esquema *petit comité*, será uma aglomeraçãozinha de pessoas afins que desejam conversar, sorrir, cantar, comer e, principalmente, sorver alguns (ou muitos) goles de cerveja, vinho, *whisky*, gim, saquê ou o tradicional *champagne*. Birita é o que não falta. Eu sou quase um abstêmio, mas acho que brindar à vida é lícito e salutar. Ainda mais depois de um ano tão duro, mas pondero que ainda não é o momento para esse grito de liberdade.

Nas confraternizações, a Fiocruz recomenda usar a máscara sempre que não se estiver comendo ou bebendo. Esse tira-e-põe de máscara vai exigir muita concentração e coordenação motora. Penso que não vai funcionar, especialmente depois de algumas taças. Outra: manter 2 metros de distância e evitar apertos de mão e abraços são tarefas difíceis para um povo tão afetuoso como o brasileiro. Mais uma: evitar música alta para que os convivas não tenham que gritar ou falar alto, pois, se estiverem contaminados, lançarão mais partículas virais no ambiente. Se for bossa nova, tudo bem, mas se for *rock'n'roll* ou música sertaneja, aí o volume vai subir. Enfim, apesar da boa intenção (e desencargo de consciência) da Fiocruz, aposto que as recomendações vão ficar apenas na cartilha.

Há alguns dias, fui convidado por um casal de amigos para um sarau natalino. Reunião restrita, para convidados escolhidos a dedo. Mesmo sendo pessoas da mais alta estima, tive que declinar. Meu amigo ainda me alfinetou propondo, em tom de pilhéria, abrigar-me numa cabine individual, hermeticamente fechada, onde seria tratado como um paxá. Embarquei na galhofa, agradeci a oferta, mas mantive a posição. Argumentei que já me conformara com a vida reclusa dos últimos meses. Ademais, seriam tantos cuidados, tantas mudanças de comportamento, que acabariam desvirtuando o propósito.

Confesso também que fiquei receoso de, no fim da festa, reencontrar aquele velho colega da repartição que, encharcado de emoção e *whisky*, dirá: Luciano, meu irmão! Você sabe que eu te amo, cara. Ora, vem cá! Tira essa máscara e me dá um beijo!

Goiânia, dezembro/2020
Publicada originalmente na *Revista Bula* em 30/12/2020

11/07/2021: MÁSCARAS, MAÇADAS, MAROTICES E MANDINGAS

Um dia desses, viajando pelo interior de Goiás, vi um sujeito montado a cavalo e usando máscara. Aquela cena inusitada me remeteu ao cinema, ao velho oeste e aos heróis de capa e espada. Adereço de paladinos, como o Zorro, a máscara também serviu aos malfeitores. Em "O Grande Roubo do Trem", pistoleiros de bandanas saqueiam passageiros e fogem pro mato, cavalgando seus *mustangs*. Acho pouco provável que o cavaleiro goiano tivesse a intenção de assaltar o único banco da cidade. Aquilo era apenas um sinal dos tempos: a máscara tornara-se um acessório indispensável pra todos, inclusive pros cavaleiros.

Até março de 2020, viajávamos num voo tranquilo quando o piloto Tedros Adhanom anunciou a turbulência: enfrentávamos uma pandemia. Quase imediatamente, máscaras caíram à nossa frente e, a partir daí, seriam nossas companheiras inseparáveis. Elas modificariam nossa aparência, embotariam nossos sentidos, mudariam a nossa forma de viver. Tedros, com seus expressivos olhos etíopes, nos alertava que estávamos sob um ataque silencioso e mortífero. Surgia uma nova ordem mundial: além das máscaras, precisaríamos de distanciamento social e álcool gel nas mãos. Esses novos hábitos seriam imprescindíveis pra todos os viventes do planeta (inclusive presidentes de países sul-americanos). Não havia tratamento. Não havia vacina. A única saída era a prevenção.

Diante da importância crucial das máscaras na proteção individual e, principalmente, coletiva, as prefeituras emitiram decretos tornando seu uso obrigatório nos espaços públicos. Aí começavam as maçadas (chateações). Com exceção do pessoal da saúde, a maioria das pessoas não estava acostumada a suportar aquele troço tapando a boca e o nariz o tempo todo. Era maçada pra todo lado. O sujeito saía de casa sem máscara; quando se dava conta, praguejava: "esqueci a p. da máscara. Vou ter que voltar pra buscar". Quando a usava por muito tempo, sentia aflição, respirava mal, doíam-lhe as orelhas, não conseguia falar direito, sentia sede, fome. Alguns chegavam a admitir que a máscara lhes afetava até mesmo a audição. Um verdadeiro suplício.

Para lidar com tantas aporrinhações, sobrevinham as marotices. Acontecia o seguinte: o camarada saía de casa com a máscara na posição correta, cobrindo nariz e boca. Era a lei. Com o passar do dia, iam aparecendo as demandas para liberar a entrada do aparelho digestivo, respiratório ou ambos. Vinha a necessidade de beber água, comer, fumar, conversar abertamente, ou mesmo um surto daquilo que o goiano chama de "sapituca", ou seja, um desejo incontrolável de se livrar de algo que incomoda. Como o sujeito não podia simplesmente arrancar a máscara e atirá-la na primeira lata de lixo, ou mesmo na via pública, ele lançava mão do princípio da reversibilidade: tracionava a azucrinante para baixo e a ajustava numa posição mais tolerável.

Andando pelas ruas, vemos gente usando máscara de tudo que é jeito. Para melhor visualização das tais marotices, classifiquei a posição das máscaras em vários níveis, descritos a seguir. Nível 1: cobrindo nariz, boca e queixo (padrão recomendado pela OMS). Nível 2: imediatamente abaixo do nariz. Nível 3: abaixo da boca, cobrindo apenas o queixo. Nível 4: no pescoço. Nível 5: dependurada em uma das orelhas. Esse último nível, sendo posição oscilatória, costuma ser usado apenas por alguns minutos. Nos demais, a injuriante assume acomodação estável e pode ser mantida por longos períodos. O nível 4, peça em torno do pescoço – à moda de um colar – é a forma mais comumente observada, seja pela estabilidade e conforto, seja por motivo puramente *fashion.*

Entretanto, o mundo das máscaras não é apenas de aborrecimentos e pequenas infrações. Existe a parte boa: as mandingas. Explico ao leitor por que escolhi a palavra mandinga: primeiro, porque gosto da cultura afro, e segundo para deixar meu título com 4 emes, aumentando-lhe a sonoridade. Emprego-a no sentido de sortilégio, de encanto feminino. As máscaras intensificam a expressão do olhar. As mulheres ficam mais bonitas, mais enigmáticas, feito dançarinas persas. O rosto feminino agora é cabelo e olhar. Surge a moda pandêmica: máscaras de seda, de cetim, enfeitadas com rendas, com *strass*, com paetês. Enquanto conversa com a moça, o rapaz devaneia: "como será o sorriso dela? E o nariz? Será fininho? Arrebitado?". Surge um fetiche.

Falando um pouco mais sério, as máscaras estão fazendo história, marcando uma era. As maçadas ainda existem, mas nós aprendemos a conviver com elas. As marotices são desaconselháveis: gracejos à parte, o uso inadequado das máscaras aumenta o risco de autocontaminação. As mandingas são brincadeiras necessárias, refrigérios que inventamos para sobreviver ao horror. Apesar de todo o desconforto, as máscaras salvaram e salvam muitas vidas, embora o presidente continue a negar a ciência. Do alto da sua ignorância, já fala em desobrigar o uso delas. Na verdade, ele também usa máscara, mas a dele não é feita de tecido ou TNT, mas de hipocrisia e outros substantivos correlatos.

Goiânia, julho/2021
Publicada originalmente na *Revista Bula* em 01/08/2021

SOB O SIGNO DA BAZÓFIA

PATACOADAS NO REINO DA BAZÓFIA

O rei da Bazófia é um homem simples por natureza, tão puro de sentimentos que chega a ser ingênuo. Alguns lhe imputam certa rudeza, é verdade, mas não a deploram e sim a relevam, ou mesmo a exaltam como marca irrefutável de probidade. Além de honesto, é um homem-família e temente a Deus. Um patriota que exala a Bazófia por todos os poros.

Pelo seu histórico de atleta, o imperador cultiva hábitos saudáveis e gosta de caminhar livremente pelas ruas, o que é visto com reprovação por alguns ministros. "Minha segurança é o meu povo", contrapõe o rei valente. É fácil ver nosso herói marchando confiante e folgazão pelas cercanias do castelo. Enquanto caminha, o mandatário vai arrebanhando um séquito de transeuntes que não se furta a idolatrá-lo, abraçá-lo, fotografá-lo. Em rasgos patrióticos, alguns proclamam: "Estamos com o senhor, Majestade!" "O senhor é o nosso rei!" O homem do povo sorri e acena, com as mãos fazendo "V".

Na última quinta-feira, o rei novamente empreendeu um passeio matinal e, ao sair de uma padaria, envolveu-se numa ocorrência desagradável que foi largamente divulgada (e supervalorizada, diga-se de passagem) por todos os jornais da Bazófia. Para contar-lhes detalhadamente o episódio não me valho das páginas tendenciosas dos periódicos, nem tampouco dos meus próprios olhos, mas garanto a veracidade dos fatos por tê-los ouvido de fonte ilibada e sacramentada em fé católica.

Antes de relatar os acontecimentos, recordemos que a Bazófia passa por um momento peculiar com a epidemia da peste vermelha, moléstia infecciosa que assola o reino e já lhe cobra algumas vidas (idosos improdutivos e cidadãos com saúde frágil são a maioria). O bazofiano é forte e não se curva diante de qualquer microbiozinho. No entanto, vê-se tolhido em seus hábitos mais sagrados, como as tertúlias etílicas, os passeios em bando e as farras dominicais. Nossos patrícios estão divididos e confusos. Alguns se submetem e se recolhem, outros praguejam na surdina. Os insubordinados se levantam contra o uso das máscaras e contra o isolamento social. A Bazófia vive dias turbulentos.

Agora, vamos ao incidente. Afeito aos hábitos prosaicos, o rei entrara na padaria para tomar um café e desfrutar da intimidade dos súditos. Em pé defronte ao balcão, entre dentadas num sonho macio, o rei sem máscara distribuía graçolas e conversava descontraidamente. Falava-se de tudo. Futebol. O preço dos insumos. A lei de proteção ao empresariado. Os direitos do cidadão de bem. O rei apregoava os novos rumos da Bazófia, que enfim se endireitara. Era chegado o tempo da moralidade, da austeridade, do rigor fiscal etc. e tal. Funcionários e fregueses ouviam devotamente, entre fotos, risos e abraços. Em pouco tempo, uma pequena multidão aglomerou-se no local, formando-se um burburinho nas adjacências. Porém um frêmito indesejável abalou aquele momento de espontaneidade e empatia mútua.

Eis que o Diário da Bazófia escalara o repórter Tiago Tupinambá para cobrir as aparições do rei em público. Tupinambá era um jornalista experiente, porém com a pecha de ser questionador e petulante. O encontro não parecia ser muito alvissareiro. Na calçada abarrotada de gente, o rei se dirigia de volta ao castelo quando Tiago o interpelou:

— Majestade, o que vós tendes a dizer sobre o aumento de mortes pela peste vermelha nas últimas semanas?

— Cara chato! De novo com isso! Que assunto mais sem propósito para uma manhã tão harmônica – protestou uma senhora, após um muxoxo.

O rei contestou:

— Olha aqui, ô rapaz. Essas mortes aí são normais, ok? Coisas da vida. É o destino de todo mundo. Fazer o quê? Eu vou morrer. Você também vai. Está tudo dentro do previsto.

— Mas foram mais de 1000 mortes apenas num dia – retrucou o repórter. – Vossa Majestade acha isso normal?

— Olha só – responde o rei, já manifestando alguma irritação –, você é índio? Tem uma cara de índio danada. Mas – pensativo – essa questão aí da peste vermelha, ela já está controlada aqui na Bazófia, ok? Inclusive, essas mortes aí nem foram todas pela peste, como está propagando esse seu jornaleco. Agora todo mundo que morre é pela tal peste? Vocês, da imprensa, deturpam tudo.

— Boa, Majestade! É isso mesmo, apoiado! – acrescentou um senhor de cabelos grisalhos, acenando com a cabeça e batendo palmas freneticamente.

O arreliento repórter insistia em arguir o monarca: – Majestade, não usais a máscara, o que é regulamentado por lei, e não pareceis vos preocupar com essa aglomeração de pessoas. Vosso comportamento não representa um mau exemplo para a população?

— Que absurdo! – comentou uma das funcionárias, com a máscara no pescoço. – Isso é pergunta que se faça pra um rei? Não se tem mais respeito nesse reino. Onde já se viu?

— Estão vendo aí? A imprensa insiste em me atacar – interpõe o rei. – Eles não sabem trabalhar e me vêm com essas perguntas idiotas. São uns pulhas! Querem tumultuar o meu reinado. Eu não caio nessa! Esse tipo de pergunta não merece resposta, ok?

Nesse momento, o pernicioso repórter se aproxima do rei e o questiona insistentemente: – Majestade, os hospitais estão superlotados de doentes. O reino não sabe mais onde enterrar tantos mortos. Não vos importais? Não vos compadeceis com a dor das pessoas?

Diante de tamanha afronta, o rei, que não tem sangue de barata, reage desferindo uma violenta bofetada no rosto do repórter, que se desequilibra e cai.

— Cabra macho! – dispara um sujeito baixinho, com camisa da CBF (Confederação Bazofiana de Futebol) – Muito bem, Majestade. É isso mesmo! Não adianta argumentar com esses vermes comunistas. Parte logo pra porrada, que resolve. É assim que se faz!

A ação enérgica do rei gerou uma agitação no meio da turba. Muitos o aplaudiam, outros se exasperavam e gritavam euforicamente: "Ele é o nosso rei! Deus salve o nosso rei!"

Ferido nos seus brios, o pernóstico repórter levanta-se da sarjeta e volta à carga. O guerreiro tupinambá, visivelmente irado, encara o rei, com o dedo em riste: – Vossa Majestade não respeita a imprensa. Só porque é rei não tem o direito de me agredir dessa maneira. É um déspota! Um antidemocrático! Um ditador!

O impetuoso rei não suportaria tamanho acinte. Saca, de dentro do colete, uma pequena *Mauser* e dá 3 tiros à queima-roupa na cabeça do insolente, que se estatela no chão, feito um tronco podre. Do crânio crivado de balas, começa a minar um sangue espesso que vai se espalhando e se misturando com a terra da rua.

Inebriada de orgulho, a falange bazofiana ali presente frui aquele inesperado e delicioso frenesi. Que arrojo! Que destemor! Seguem-se palmas, vivas, urros e gritos roucos. – Ele é o nosso rei! Deus salve o nosso rei! – Refeito do pequeno *stress*, o monarca calmamente guarda a *Mauser*, arruma o cabelo pro lado, salta por cima do cadáver e toma o rumo do castelo, ovacionado pela multidão.

O dono da padaria chega na porta e grita: – Ô, Valdemar! Tira esse cara do meio da rua. O infeliz incomoda até depois de morto. Não vê que caiu na contramão e está atrapalhando o trânsito?!

Goiânia, agosto/2020
Crônica publicada originalmente na *Revista Bula* em agosto/2020

NOVA HORA DOS RUMINANTES

A Praça Cívica é um belo espaço público de Goiânia. Um marco da cidade, traçada sob os preceitos do *Art Déco.* Por isso, a capital de Goiás tem ares de *South Beach. Art Déco* é arte decorativa, preza as linhas geométricas e harmoniosas. Mas, em março de 2020, a praça goianiense foi palco de um concerto dissonante. A exemplo do que ocorria em outras cidades brasileiras, manifestantes ocuparam alguns metros da praça para defender o fechamento do Congresso Nacional e do STF, instauração de um regime militar e a cereja do bolo: a reedição do AI-5. Insatisfeita com a democracia vigente, aquela pequena multidão clamava pelo arbítrio do poder fardado.

A manifestação não representava nada de novo no *front* político brasileiro, mas sim um desenlace natural do descontentamento que já grassava entre os cidadãos de bem. O que, ainda hoje, estarrece é que os protestos tenham acontecido no meio da pandemia de Covid-19 que chegara ao Brasil alguns dias antes. Dezenas de pessoas, inclusive idosas, se aglomeraram nas ruas deblaterando que a pandemia era uma histeria, um estratagema econômico. Em Brasília, um homem exibia uma faixa onde se lia "Sobrevivi ao PT... Corona pra mim é cerveja!" Mais internacional, um sorridente casal vestia camisetas com os dizeres "*Corona better than corruption (a dama) e Corona better than STF (o cavalheiro).*" Inacreditável, mas a funesta pandemia que devastava o planeta era tida como uma tolice.

No meio do buliçoso *rendez-vous*, o governador de Goiás, que é médico, interveio. Com sutileza típica da sua prosápia, o mandatário conclamou as pessoas a retornarem às suas casas. Aquela aglomeração – naquele momento – era um ato completamente irresponsável. As palavras enérgicas do governador foram rechaçadas com sonoras vaias e gritos hostis. Munidos de celulares e bandeiras, os manifestantes xingaram o governador de traidor, ditador e outros impropérios. A imagem da multidão enfurecida gritando e correndo por cima dos canteiros, como que enxotando o governador para dentro do Palácio, veio-me como uma alegoria. Imediatamente, fui remetido a Manarairema, a cidade que foi invadida por bois em *A Hora dos Ruminantes*, o célebre romance de José J. Veiga.

Publicado em 1966, no governo Castelo Branco, a *Hora dos Ruminantes* trouxe a narrativa forte e hipnotizante de Veiga para criar Manarairema, a vila interiorana cuja tranquilidade foi abalada por uma sequência de invasões insólitas. Primeiro, vieram forasteiros; depois, cachorros e, por último, bois. Descendo das encostas, cruzando várzeas, os bois lerdos e vadios iam chegando aos magotes e tomando a cidade, numa profusão de chifres e patas. Desatentos e estabanados, os bichos iam pisando em tudo, derrubando cercas, invadindo quintais e espantando porcos e galinhas. Estavam em todo lugar: nas ruas, nas praças, nas igrejas, no cemitério, nos jatobazeiros e até dentro das casas.

Não quero cometer a indelicadeza de comparar os bois de Manarairema aos brasileiros que foram à praça pública manifestar sua indignação seletiva contra o Congresso e o Judiciário. Longe disso. Mas a metáfora insiste. Obviamente, comparo-os não no sentido biológico, mas no comportamental. A obediência é própria da raça ruminante. Quando domesticados, os bois aceitam o jugo e seguem, fiéis, os comandos do carreiro. São bichos estouvados e pouco judiciosos.

Com todo respeito, percebo nos ufanistas "Pra frente, Brasil" algumas características ruminantes, como a obediência cega, o estouvamento, a insensatez. Além das pautas que motivaram as manifestações de março, arrisco-me a conjeturar que outros pensamentos se somem àquelas mentes prolíficas. Eles combatem a universidade pública e contestam a ciência. Declaram guerra à cultura brasileira, ao carnaval, ao samba e à literatura. Apoiam o corte da mata para plantar soja e para a mineração (agro é *pop*). Apreciam as armas e a caça esportiva. Negam o racismo estrutural. Recriminam o Papa. Odeiam Paulo Freire, Caetano Veloso, Chico Buarque, *Roger Waters* e *Noam Chomsky*. É o efeito manada.

Os protestos de 15 de março foram uma centelha perto da fogueira de insanidades que iria arder no Brasil em 2020. À medida que a pandemia progredia inclemente, a agremiação dos homens probos gestava e fazia crescer um movimento contrário, que questionava, minimizava e escarnecia da crise sanitária. Surgia o negacionismo ruminante. Os defensores da pátria amada novamente ganhavam as ruas, marchando (textualmente) e protestando contra a televisão, os jornais, a medicina, a ciência, a sensatez e qualquer outra entidade que considerasse a pandemia um problema. Impetuosos e arrojados, os girondinos modernos desfilaram com esquifes de isopor, invadiram hospitais, queimaram máscaras, e hoje não querem a vacina, nem daqui e nem da China.

É notório que a Covid-19 intensificou o proselitismo ideológico e religioso. Para agradar seu líder, eles fazem qualquer coisa: se aglomeram, saracoteiam, protestam, xingam, subvertem, tudo em obediência ao mito. Em Manarairema, os ruminantes eram adventícios: oprimiram o povo e foram embora. Os de agora sempre estiveram aqui, disfarçados como carneiros mochos. Não oprimem o povo, pois são parte dele, mas pisoteiam a democracia e as instituições. E agora, banalizam a vida, a deles e a dos outros.

Goiânia, janeiro/2021

Publicada originalmente na Revista *LavraPalavra* em 02/03/2021

BAZÓFIA ACIMA DE TUDO

Dois eventos desagradáveis perturbaram o meu ócio sagrado neste último domingo. O primeiro foi que, apenas tardiamente, eu me dava conta de que uma infestação de cochonilhas estava a ponto de matar o meu cróton. Que jardineiro infiel eu havia me tornado, capaz de abandonar o pobre vegetal à sanha daqueles bichos asquerosos. Imperdoável. O segundo: notícias do periódico dominical comentavam sobre rumores de *impeachment* do rei da Bazófia. Que tristeza! Quanta ingratidão com o nosso monarca.

Há um velho adágio que diz: primeiro a obrigação, depois a devoção (ou a diversão). Alguns pensadores contemporâneos contestam a assertiva e defendem que tais conceitos não seriam excludentes e poderiam coexistir amigavelmente. Pode ser. De fato, em condições normais, tanto cuidar do jardim como ler o jornal seriam a mais pura diversão. Mas no atual contexto, ambas se convertem na mais premente obrigação. No entanto, uma delas teria que ser mais obrigação do que a outra. Sendo pragmático, arbitrei que, primeiro, eu deveria me ocupar da questão do *impeachment*.

Fui às notícias. Acredito que os leitores (refiro-me aos cidadãos de bem, obviamente) façam uma ideia do quão penoso foi concluir a leitura do caderno de política. A imprensa bazofiana sendo a de sempre: aleivosa e interesseira. Como hienas famélicas, os jornalistas continuavam a usar as suas penas rancorosas para atacar o homem probo, o honrado rei da Bazófia. Meu Deus, quanta maledicência! Quanta blasfêmia!

Mas, afinal, que acusações pesavam sobre o rei? Eram tão numerosas quanto absurdas. Acusavam-no de crime de responsabilidade e omissão, violação aos direitos humanos, abuso de poder, violação das leis ambientais, genocídio indígena, ataque a servidores e instituições. Com relação à pandemia, acusavam-no de propagar o negacionismo, de sabotar as políticas de saúde e de incentivar a população a medicar-se com garrafadas sem eficácia comprovada. Até as mortes por falta de oxigênio ocorridas numa província do Norte haviam sido jogadas nas costas do coitado. Por último, acusavam-no de atrasar o início da vacinação contra a tal peste. Tudo ele! Falavam em 60 pedidos de *impeachment*. Um despautério total. O que mais os irritava é que não podiam acusá-lo de pedaladas fiscais. Esse, sim, é um crime de lesa-pátria.

Respirei fundo. Pedi ajuda aos céus para suportar tanta revolta e fui cumprir a segunda obrigação do dia. A situação do cróton era deplorável. As malditas cochonilhas o haviam atacado, impiedosamente, deixando os galhos mirrados e as folhas enrugadas. Ainda empapado de compaixão, vi naquele cróton sofrido a própria imagem do rei da Bazófia. O rei patriota, verde-amarelo como as folhas do cróton, sendo consumido pela ira dos predadores. A representação era perfeita. As cochonilhas eram os jornalistas que o atacavam sem trégua e preparavam o terreno para outros seres oportunistas: fungos e formigas doceiras. Os fungos eram os esquerdistas nojentos. As formigas doceiras eram os súditos ingratos que haviam apoiado o rei e agora queriam sua cabeça.

Mas não se iludam, seus infames. O rei vencerá. Está nas sagradas escrituras: "Prepara-se o cavalo para o dia da batalha, mas o Senhor é que dá a vitória." Força, Majestade. A sociedade das pessoas de bem está convosco. Sempre estaremos. A Bazófia acima de tudo, Deus acima de todos.

Goiânia, janeiro/2021
Crônica publicada originalmente na *Revista Bula* em 31/01/2021

ELOQUENTE FLOR DO RIO, CULTA, INCULTA E BELA

O nome dela é Maria. Mais uma entre as mais de 11 milhões de Marias deste país. Essa da qual vou lhes falar é carioca, de Laranjeiras. À candura do nome Maria, seus pais quiseram agregar a beleza da flor, e assim surgiu Maria Flor. Não sei de onde tirei essa ideia, mas essa moça tem um quê de Iaiá Garcia. Os leitores de Machado já sabem a quem me refiro; aos demais, informo que Iaiá é uma das heroínas machadianas: uma moçoila "delgada e travessa". Maria tem o olhar macio e fidedigno (não dissimulado como o de Capitu), o rosto fino, o nariz bem feito, a boca generosa, os cabelos pretos e encaracolados, que ela traz caprichosamente em desalinho.

Afianço que não é intenção deste cronista enaltecer os atributos físicos da moça, até por uma questão de segurança, pois sou casado com mulher brava e tenho pele sensível. Além disso, o marido dela, mesmo que seja manso, pode tomar-me por mal-intencionado com esses elogios rasgados. Fique claro que o propósito aqui é outro. Descrevi brevemente a Flor das Laranjeiras no primeiro parágrafo para que vocês vejam como as aparências enganam. O nome angelical e as feições delicadas escondem a mulher aguerrida que tem causado furor no *Instagram* ao declarar abertamente as suas convicções políticas.

Maria Flor é uma excelente atriz. A fala, o gestual, a presença cênica são as ferramentas de que ela se vale para expor seu pensamento, sua indignação, sua revolta diante da hipocrisia e insanidade que se instalaram no Brasil. Talento pra isso ela tem de sobra, mas não é fácil. É preciso decisão, atitude, desprendimento e coragem para se expor publicamente à adoração ou à execração. Nos seus vídeos, Maria se despe da sua serenidade e encarna a Flor Pistola. Como num transe, ela enrubesce, transpira, se descabela, sofre. Usa todos os seus recursos cênicos e fisiológicos para que as pessoas entendam o óbvio: o bolsonarismo é uma doença, uma seita nefasta. Todo seu esforço parece inútil.

Os comentários nos vídeos passam de 6 mil. Pró-Maria e anti-Maria. Esses últimos acusam-na de louca, desequilibrada, maconheira. Mandam-na para Cuba, para a Venezuela. Outros dizem que ela está desesperada porque perdeu os milhões (isso mesmo, milhões) da Lei Rouanet. Há uma classe especial, os puritanos: estes se escandalizam com o linguajar chulo e a "boca suja" da atriz. Que horror! Tirem as crianças da sala! Engraçado que, há poucas semanas, o presidente deliberadamente ofendeu a progenitora de jornalistas e ainda falou em lhes introduzir latas de leite condensado no reto. Que descortesia, Excelência. Talvez falar impropérios seja uma prerrogativa apenas dos homens simples, não de atrizes esquerdopatas.

De minha parte, expresso meu apoio incondicional à Maria. Desejo que a voz da Flor seja o arauto de outras tantas Marias deste país. As Marias sem *internet*, sem jornal, sem comida, sem casa. As Marias carvoeiras, quilombolas, indígenas, as quebradeiras de coco, LGBT. Que ela seja a voz de todas as minorias desprivilegiadas por esse governo desumano e hipócrita que governa para o capital e não para o povo. Desejo que ela continue sendo essa Maria que não se cala, que não vai com as outras, que não se corrompe. Toda a minha admiração à eloquente Flor do Rio, culta (e inculta quando precisa), mas sempre bela e corajosa. Essa Maria me representa.

Goiânia, fevereiro/2021
Publicada originalmente no jornal *Diário do Rio* em 10/02/2021

NÃO VOS DESANIMEIS. ANIMAIS, COMO EU...

O texto a seguir transcreve *ipsis litteris* o pronunciamento, em rede de rádio e televisão, do Senhor Jurandir Menthias Brügger-Taurus, excelentíssimo, ilustríssimo e sapientíssimo rei da Bazófia.

"Meus caros bazofianos,

Todos sabem do momento complicado que (sic) estamos passando com essa tal peste vermelha, também conhecida como gripezinha ou febre chinesa. Esse micróbio comunista veio do outro lado do mundo só pra infernizar a minha vida e a vida da nossa gente.

Ele não vai conseguir. Em primeiro lugar, porque sou um homem de Deus e, como está escrito nas sagradas escrituras, os filhos de Davi triunfarão. Assim como os profetas triunfaram sobre Baal, eu também triunfarei em nome de Deus. Eu sou o messias que veio tirar o povo da Bazófia da treva comunista, e nada vai me deter.

Quero garantir a vocês que todas as medidas possíveis, e até as impossíveis, estão sendo tomadas para controlar a peste com eficiência e sem causar prejuízos a economia (sic). Tivemos que aumentar o preço de alguns alimentos e do combustível, mas isso daí é coisa normal. Estamos cuidando da economia com muita competência. Vocês já devem ter notado a incrível

mudança na vida de vocês com as nossas medidas arrojadas e eficazes.
No tocante ao enfretamento da peste, assumimos, desde o começo, uma postura firme e corajosa. Modéstia à parte, eu sou homem acostumado à dureza da vida, e aprendi a lidar com as mais difíceis situações durante anos e anos integrando(sic) as fileiras do nosso valoroso exército real.
A primeira coisa: não criar pânico. Não precisa de histeria. Alerto mais uma vez sobre as informações veiculadas nos jornais. Todos eles são esquerdistas, tendenciosos e contra o rei. Cuidado com o que vocês leem. Recomendo que busquem informação confiável nos seus grupos de WhatsApp familiares. A família é a base da nossa sociedade. Se vem da família, é confiável, tá ok?
A imprensa bazofiana distorce a verdade. Eles querem (sic) acabar comigo e com a minha real família. Adoram superdimensionar o poder desse micróbio. Querem criar o desespero, a balbúrdia. Tudo bem que, em outros reinos, houveram (sic) algumas mortes. Aqui é diferente: o bazofiano não pega nada. Nós vemos aí o sujeito pulando no esgoto, mergulha lá e não acontece nada com ele. Nós somos fortes por natureza e não vamos nos acovardar. Nós não somos um reino de maricas.
Um aspecto muito importante: o reino não pode parar. O povo quer trabalhar, e se vai aglomerar, qual o problema? Vida que segue. Dizem que eu estou mais preocupado com a economia do que com a vida. Pura maledicência. Sem cobre no bolso, você morre de fome, de depressão, de suicídio. Eu não sei falar inglês, mas sou contra esse negócio de *lockdown*. Isso não dá certo aqui, como não deu certo em lugar nenhum. Inclusive eu vi aqui no meu WhatsApp que a Suécia não fez esse tal *lockdown* e a sua economia está ótima. Vamos defender a nossa economia.
Outra medida crucial é o tratamento precoce. Rogamos a Deus que ninguém adoeça. Mas esse micróbio é igual chuva: fecha o tempo, vem trovoada e você vai se molhar. E temos que tocar o barco. Caso você adoeça, nós temos a solução simples e barata. Recomendamos remédios acessíveis, produzidos aqui na Bazófia. Essa não é uma recomendação aleatória. Fizemos uma

investigação criteriosa para indicar esses remédios. O meu filho, que é especialista em pesquisa em redes sociais, fez uma ampla revisão sistemática em todos os grupos de WhatsApp e me indicou as melhores opções terapêuticas.
No tocante as (sic) vacinas, nós nunca fomos contra, como a imprensa propaga. Inclusive, a palavra vacina vem do latim e significa "derivado da vaca". E os bovinos são animais pelos quais eu tenho especial admiração, principalmente pela sua obediência. Só que as vacinas são caras e não têm comprovação científica como tem o tratamento precoce. Além disso, vacinar é perigoso. Existem relatos de pessoas que tomaram essas vacinas e se transformaram em animais como lagartos e outros répteis. Aqui na Bazófia, as vacinas não serão obrigatórias: toma quem quer. Somos um reino democrático.
Essa qüestão (sic) de usar máscaras é outro ponto que eu quero esclarecer. Eu sou contra. Aquela focinheira incomoda e atrapalha demais a respiração. Além disso, a eficácia da máscara é quase nula. Não funciona e ainda pode causar sérios problemas de saúde. A minha assessoria científica me informou que o uso frequente dessas máscaras está causando alergias, sensação de desconforto, sufocamento e até desmaios. Pra falar a verdade, eu já estou de saco cheio (desculpem a expressão) de ouvir essa mídia irritante falar o tempo todo: o rei não usa máscara. Já deu, né, ô imprensa? Eu não uso e não recomendo. Mas usa quem quer. Somos um reino democrático
Agora, chega de problemas, vamos falar de coisa boa: acabei de assinar os decretos com novas regras para compra e uso de armas em todo o reino. Aumentamos, de 4 para 12, o limite de armas que o cidadão de bem pode adqüirir(sic). A imprensa nojenta já está me atacando e dizendo que o pobre não vai ter dinheiro pra comprar sua arma. Calúnia! Cada um compra a arma que pode pagar, ora essa. Os decretos se referem a todo tipo de armas. O cidadão pode comprar um estilingue, um bodoque, um porrete, uma faca, um punhal, uma garrucha, um revólver, uma pistola, um rifle ou uma metralhadora. O importante é se armar. Vou

fazer uma piada aqui, tá ok? Vamos receber esse micróbio chinês a (sic) bala.

Como mensagem final, quero dizer a minha gente que mire-se no meu exemplo, na minha coerência e valentia. Na hora da adversidade, temos que ser e seremos fortes. Por isso eu digo: bazofianos, diante dos desafios da vida, não vos desanimeis. Animais, como eu!

Boa noite."

Goiânia, março/2021
Publicada originalmente na *Revista Bula* em 08/03/2021

BRASIL, EU SINTO A SUA FALTA, MAS AINDA NÃO MATEI A ESPERANÇA

Peguei emprestado o mote de Nando Reis para expressar a falta que sinto de um país que me foi roubado. A impressão que eu tenho é de que o Brasil foi invadido por uma malta de saqueadores que, além de subir ao poder, quis matar a alma brasileira. Eu poderia dizer que tenho saudade do preço da gasolina. Poderia dizer que sinto falta de um governo que acredita na ciência e a valoriza. Poderia lastimar a intolerância étnica, religiosa e ideológica. Poderia arrazoar que o agronegócio não precisa, necessariamente, destruir as reservas naturais. Poderia me revoltar com a política armamentista. Muita coisa me entristece nesse Brasil adoecido, mas quero falar sobre o assassínio da arte.

Os prosélitos mais conscienciosos chegarão a admitir que alguns problemas existem, mas baterão no peito e proclamarão que o mais importante é que a corrupção foi banida do seio da pátria amada, um dia ultrajada. Lamento decepcioná-los, mas a corrupção é joio teimoso e continua vicejante no seio da pátria amada, ainda ultrajada.

Mas o assunto aqui é outro: por que a cultura brasileira foi declarada inimiga do governo messiânico? Marco Antonio Villa disse que o atual presidente é dono de uma ignorância nunca vista na história desse país, pois nunca leu um livro nem assistiu a um único filme ou a uma peça de teatro. Com todas as veras, pelo menos um livro o mandatário diz ter lido: o clássico "A Verdade Sufocada", do emérito pensador Carlos Alberto Brilhante Ustra. O culto à ignorância pode ter sido a base, mas não é o mais importante. Há algo mais pútrido por debaixo do obscurantismo institucionalizado.

O combate à cultura é parte de um projeto de poder. O fito é adestrar, controlar, uniformizar o comportamento das massas, como numa parada militar. E todas as formas de manifestação artística são avessas à uniformização. Para existir, a arte precisa nadar na liberdade criativa, na diversidade, na multitude de linguagens e feitios. Por isso, a arte é infensa aos governos autoritários. E nos regimes supostamente democráticos, como no Brasil? Como infirmar movimentos contrários ao *establishment*, sem parecer impositivo e ainda aplicar um verniz de benignidade? É fácil: basta invocar o nome de Deus. Ou seja, a ferramenta para legitimar esse cerceamento da liberdade artística-pensante é o moralismo religioso pentecostal e neopentecostal.

O plano foi o seguinte: pastores fundamentalistas doutrinaram suas fiéis ovelhas para idolatrar o Messias como homem de Deus, ledor da Bíblia, guardião da família e dos bons costumes. Gestou-se um pacto, sólido e abjeto, cujo propósito era assumir o poder. Deu certo: o voto evangélico foi o fiel da balança na última eleição. Os dois lados são podres, hipócritas, ambiciosos. Cultura e arte brasileira são empecilhos à perpetuação desse conluio predatório. Por isso, o samba, o carnaval, a MPB, o cinema nacional, o teatro, as artes plásticas e tudo o mais que gere pensamento crítico é tido como ameaça e tratado como coisa do demônio.

Messias (que é inculto, mas não é burro) e suas criancinhas montaram um governo centralizador, escalando militares e evangélicos para cargos estratégicos. No caso da esfacelada pasta da Cultura, a missão dos dirigentes é clara: se não for possível ceifar, dificultar o máximo possível as iniciativas culturais de qualquer natureza. Ao enfraquecer as instituições culturais, boicotar recursos, censurar espetáculos e insultar os artistas, o governo sinaliza ao eleitorado evangélico que está protegendo a família cristã das influências demoníacas. Em verdade vos digo que está se cumprindo o trato entre o governo e o líder evangélico para que ambos se perpetuem no comando. Essa, sim, é uma influência satânica.

Eles querem acabar com a nossa arte. Querem subverter nossa índole, mutilar nossa identidade. Querem censurar nossa ginga, desafinar nosso samba, sabotar nosso *show*. Querem assassinar nossa alegria. Planejam um país carrancudo, fascista, raivoso, intolerante e desbotado.

Até o riso do presidente é sarcástico e pesado. Eles não conseguem sorrir com a pureza de um preto velho. Eles não sabem (ou não querem) ser brasileiros. Eles desejam exterminar nosso genoma negro-tupiniquim. Mas não vão conseguir. Tá repreendido em nome de Jesus! Eles não vão roubar nossa essência. Brasil, eu sinto a sua falta, mas essa falta não será a morte da minha esperança.

Por falar nela, lembrei-me de um bar: o Bar Esperança. Os mais jovens imaginarão que me refiro a um botequim. Mas não: *Bar Esperança, o último que fecha* é um filme de 1983, de Hugo Carvana. Reduto de escritores, artistas e outros *clowns* notívagos, o Esperança era um microcosmo do Brasil no final da ditadura. Ver as bandejas de chope dançando no salão e o bulício de vozes e risadas acendeu em mim a esperança de liberdade. Ampla, geral e irrestrita. As cenas exalam música, literatura, teatro, cinema, a inventividade brasileira, enfim. Ao rever o filme do Carvana, revigorei a minha esperança de ter o meu país de volta.

Depois de beber no Bar Esperança, tive outro presságio de que o jogo está virando, de que os ventos estão mudando de direção. Nessa semana, um vendaval feroz derrubou a estátua da liberdade da Havan em Capão da Canoa, litoral gaúcho. Soou-me metafórico ver o símbolo do patriotismo *yankee* estabacado no chão, mortalmente atingido por um poste. Já que a mensagem auspiciosa veio do Sul, vou finalizar este texto citando os versos proféticos de Mario Quintana: "*Todos esses que aí estão atravancando meu caminho, eles passarão... Eu passarinho!*" Eles passarão. Que assim seja, meu caríssimo poeta.

Goiânia, maio/2021
Publicada originalmente na *Revista Bula* em 28/05/2021

Versão em inglês "The Murder of Art in Brazil"
publicada no jornal *The Globe Post* em 05/11/2021

ESQUERDISTA ROXA

Há alguns anos, plantei, no meu quintal, uma goiabeira da Malásia. Diferentemente da goiabeira brasileira, que gosta de crescer se contorcendo toda, a malaia foi se erguendo em linha reta. Muito pródiga também. Precocemente, começou a me presentear com grandes goiabas roxas, todas elas já devidamente habitadas por, pelo menos, um morador, igualmente roxo. Nunca me incomodei com bicho de goiaba. Não é um ser asqueroso como o rato ou a barata. É um bichinho até simpático, com o qual aprendemos a lição de abandonar o egoísmo e partilhar o alimento.

Desde criança, a goiabeirinha foi uma planta delicada, franzina. Para protegê-la dos fortes ventos que sopram no Planalto Central, amarrei-a numa estaca de madeira. Deu certo. Ela foi esticando seu tronco esguio e hoje está uma moça feita, com mais de 3 metros. Escrevi lá em cima que ela cresceu em linha reta porque essa retidão não era perpendicular ao solo. Ela não teve culpa, coitada. A estaca devia estar inclinada e ela se viu forçada a acompanhar esse caminho imposto e diferente da sua índole. Aquela imperfeição me incomodava os olhos. Uma moça tão elegante e torta? Eu tinha que reparar a minha imperícia e dar um jeito.

Tentei de tudo pra endireitar a modelo magricela: escorei, coloquei novas estacas mais grossas, amarrei-a no muro. Nada funcionou. Quando lhe retirava as amarras, ela voltava à sua posição oblíqua. Parecia uma adolescente birrenta. Parecia querer me castigar por tê-la obrigado a seguir uma vida torta. Por fim, transigi; aceitei e cedi. Inclusive comecei a achar que esse jeito rebelde demonstrava a obstinação e altivez da minha menina. Bobagem. A obliquidade não era tão grande, e só era notada sob alguns ângulos. Além dos frutos, a malaia (naturalizada goiana) dava-me sombra e servia de poleiro para rolinhas e pardais. Era uma graça.

No último sábado, bem cedinho, olhei-a e ela me pareceu mais inclinada que antes. Talvez ainda estivesse sonolenta àquela hora da manhã. À noite houvera uma ventania pesada, e ela devia ter gastado muita energia para se manter de pé. Agora estava economizando a sua resiliência e se entregava à força da gravidade. Permaneci na sacada, mirando-a com olhar paternal, quando me veio a frase cantada por Compadre Washington: pau que nasce torto nunca se endireita. É isso mesmo, compadre: goiabeira roxa que nasce e cresce torta nunca se endireitaria. Às vezes, poderia até entortar mais, endireitar nunca.

Na região onde nasci, em Minas, todo mundo chama árvore de pau. É pau grosso, pau fino etc. Pensei que Dra. Mayra Pinheiro se escandalizaria com a minha árvore. Pra mim, a goiabeira é feminina. Para a capitã cloroquina, que viu um símbolo fálico no logotipo da Fiocruz, ela seria um pau, roxo e com tendência à esquerda. Uma obscenidade. Por falar em CPI, lembrei-me de que era o dia 29 de maio de 2021, dia de manifestações contra o atual governo. Na hora, pesquei o recado: a minha geniosa goiabeirinha aumentara e mantivera intencionalmente a sua inclinação para a esquerda. Era a sua forma de protestar. Sorri, satisfeito, ao descobrir que a minha filhota era uma esquerdista roxa.

Goiânia, maio/2021
Publicada originalmente no site Clube dos Escritores Fifties+ em 01/06/2021

BOLSONARISMO, NECROPOLÍTICA E OS ESPOROS DA MALDADE

Rio de Janeiro, 23 de maio de 2021. Num domingo ensolarado em Copacabana, a icônica avenida Atlântica assistiu a um quilométrico e ruidoso desfile de motocicletas, que tinha à frente o desmascarado presidente do Brasil. O evento reuniu milhares de apoiadores governistas e teve a deliberada intenção de ostentar força política. Num momento em que o Brasil atingia a espantosa marca de 450 mil mortes pela Covid-19, aquele ajuntamento de pessoas, a maioria delas não vacinada e sem máscara, representava um atentado ao juízo e à saúde pública. Normal: essas são características do bolsonarismo.

Três dias antes, bolsonaristas do outro lado da Baía de Guanabara haviam se rebelado contra a troca do nome de uma rua. Eis o que ocorreu: com a intenção de homenagear o ator Paulo Gustavo, que falecera recentemente de Covid, a prefeitura de Niterói resolvera, após plebiscito, trocar o nome da rua Coronel Moreira César para rua Ator Paulo Gustavo. Justíssima homenagem. Paulo Gustavo, nascido e criado em Niterói, era um artista amado em todo o país por seu talento, bom humor e versatilidade no teatro, cinema e televisão. Alguns gatos pingados não gostaram. Pergunta: que tipo de mente doentia seria capaz de se incomodar com uma simples homenagem póstuma?

Resposta: a mente bolsonarista. Por mais insano que pareça, há uma lógica torpe em se contrapor à mudança no nome da rua. Subliminarmente, o poder público estava desprestigiando a memória de um militar para afagar a memória de um artista assumidamente gay. Além disso, outro fato justificaria a repulsa: Paulo Gustavo, antes de adoecer, reclamava incisivamente da falta de vacinas no Brasil. Com a morte dele, centenas de fãs e amigos choraram a sua perda prematura e reiteraram que a vacinação teria salvo o arlequim que fazia o Brasil sorrir. Ora, reclamar da falta de vacina é reclamar do governo. E artista gay que reclama do governo não merece homenagem: essa é a lógica.

O desfile motociclístico à guisa de Benito Mussolini e a intolerância absurda em Niterói são alguns exemplos das ações fascistas e violentas que se multiplicaram no Brasil com a eleição de Jair Bolsonaro. Ainda na campanha política de 2018, candidatos bolsonaristas quebraram uma placa de rua que homenageava Marielle Franco. A vereadora carioca, cruelmente assassinada, era negra, lésbica, favelada e ativista de esquerda. Também no Rio, a sede de uma produtora foi atacada com coquetéis molotov, em protesto pela produção de um vídeo polêmico. Um dos responsáveis pelo atentado, ex-filiado ao partido do presidente, declarou que havia sido um ato de amor. Lembrei-me das palavras de São Paulo sobre o amor.

Com a pandemia, intensificou-se a dicotomia política e o proselitismo. O mandatário negacionista chamou a peste mundial de gripezinha, posicionou-se contra o isolamento social, desprezou as vacinas e apostou em remédios milagrosos. Para apoiar esses mandamentos, as fiéis falanges governistas produziram cenas bizarras: aglomeraram-se em passeatas carregando caixões de isopor, queimaram máscaras, amaldiçoaram as vacinas e se apaixonaram pela cloroquina. Essa política desastrosa levou o Brasil a contar mais de duas mil mortes diárias por Covid. Estudos recentes estimam que o Brasil chegue a atingir 1 milhão de mortos até setembro. Para o bolsonarismo, tudo isso é normal.

Outra face sombria desses tempos: os índios brasileiros estão morrendo mais do que antes, ou infectados pelo coronavírus ou assassinados por garimpeiros. Se juntarmos o extermínio indígena, as aglomerações irresponsáveis, os esquifes na rua e os protestos contra a memória dos mortos, o que podemos identificar em comum? *La muerte*. Em nome de um fanatismo cego, todas elas são atitudes que praticam, banalizam ou desrespeitam a morte. Essa é a cara da necropolítica. O desrespeito aos mortos chega a um nível tão monstruoso que bolsonaristas comemoraram a morte de uma criança de sete anos, devido ao fato de que o menino era neto do maior adversário político do presidente.

Quando essa onda de fascismo começou a medrar pra todo lado, entrei a conjeturar: quem eram esses compatriotas tão abomináveis? Onde estavam antes do bolsonarismo? E agora, onde vivem? Do que se alimentam? Como se reproduzem? Pra responder a essas questões, recorri ao conceito de esporo. Em Biologia, esporos são formas reprodutivas de plantas, fungos e algas. Funcionam como sementes mais resistentes, que podem ficar adormecidas por longos períodos até que surja um ambiente favorável para sua germinação. Os comportamentos fascistas que presenciamos hoje são esporos que viviam, há várias décadas, incubados em mentes brasileiras de todas as classes sociais. O governo Bolsonaro lhes restituiu o solo ideal para germinar e crescer.

O bolsonarismo xiita representa um cariz detestável que sempre existiu na formação brasileira. Os fascistas atuais são produto de uma sociedade escravocrata, patriarcalista, conservadora, moralista, machista, preconceituosa e racista. Não é exagero. Há uma boa parte do Brasil que, de forma velada ou ostensiva, cultua todos esses adjetivos.

Embora devamos ponderar que existam graus diferentes de bolsonarismo, é pesaroso reconhecer que esses compatriotas abomináveis são pessoas do nosso convívio, que sempre viveram entre nós, que se alimentam de feijão com arroz e que, pra nossa infelicidade, se reproduzem normalmente – e irão transmitir seus esporos da maldade às gerações vindouras. Vaticino que o governo Bolsonaro está com os dias contados, mas o bolsonarismo permanecerá, incrustado em esporos capazes de se manter dormentes até que um mau vento os desperte mais uma vez.

Goiânia, junho/2021
Publicada originalmente na *Revista HH Magazine* em 09/06/2021

Versão em inglês "Bolsonarism, Necropolitics, and the Spores of Wickedness" publicada no jornal *The Globe Post* em 26/10/2021

QUO VADIS, QUEIROZ?

"Quem é vivo sempre aparece" poderíamos pensar, após as recentes aparições de Fabrício Queiroz, o famoso carequinha amigo íntimo da "bolso-família", que costuma sumir de vez em quando. Numa entrevista que concedeu à Veja nessa última semana, Queiroz apareceu, corado e faceiro, falando sobre quase tudo: a arte da assessoria parlamentar, as tricas da política, fidelidade canina, rachadinhas, escapadelas necessárias, projetos de vida e outras matérias edificantes que pululam no seu vasto intelecto.

Mudando um pouco o ditado, Queiroz talvez dissesse que quem é vivo às vezes desaparece, ou melhor: tem que desaparecer pra continuar vivo. Essa foi a sua explicação por ter ficado um ano acoitado no sítio do Wassef. "É que queriam me matar", disse aos repórteres. "O Adriano da Nóbrega me avisou, por isso eu fugi". O finado Capitão Adriano devia estar equivocado: depois que foi encontrado e preso, Queiroz passou algumas semanas na cadeia, saiu, anda livremente pela cidade maravilhosa e ninguém tentou matá-lo. Os seus desafetos (se existiam) devem ter desistido da ideia. Operou-se o perdão tácito.

Denúncia do MP, ameaça de morte, guarida desconfortável, presídio; esses tempos bicudos passaram. Queiroz agora quer ser deputado federal. Estadual não serve. O estado do Rio de Janeiro é pequeno pra sua disposição de legislar e servir ao país. Na reportagem, aparece sorridente batucando o *jingle* de campanha, "Ô Queiroz, ô Queiroz, vem deputado pra nós". Uma ressalva: o ex-assessor já havia deixado claro a outro veículo que seria candidato a deputado, mas só se fosse da vontade de Deus. Embora não tenha explicado como obteria esse aval, assegurou que o desejo e a anuência do Criador seriam essenciais.

Fico a imaginar os motivos que levaram FQ a responder QRV (estou pronto) para a política. Decisão difícil. Ora, Queiroz está "com os burros na sombra", como se diz em Minas. Aposentado pela PMERJ, em paz com a justiça, filhos criados, estabilidade. Valeria a pena trocar a deleitosa vida carioca pela aridez de Brasília? Por dinheiro não foi. Além do salário da reserva, Fabrício tem uma capacidade empresarial impressionante. Lembrem-se de que, em apenas um ano, movimentou mais de um milhão de reais na compra e venda de carros usados. Um gênio dos negócios. A única explicação plausível é o amor à pátria.

A campanha Queiroz 2022 está a todo vapor. São reuniões, telefonemas, viagens. Quatro partidos disputam a filiação do PM, que ainda não se decidiu pra onde irá. Uma coisa é certa: será um partido conservador, patriota, que defenda a família e a moral cristã. Em alguns meses, Queiroz cruzará apressado o saguão do Santos Dumont, quando será interpelado por um velho conhecido da caserna: "Aonde vais, Comando? Que pressa é esta?" "Estou indo pra Brasília. A missão urgente é salvar o Brasil do comunismo. Mais uma vez: verás que um filho teu não foge à luta. Sempre alerta, guerreiro, TKS!"

Goiânia, março/2022
Crônica inédita

Post scriptum

A investida de Queiroz na política não foi lá muito exitosa. O subtenente (leia-se subserviente), que se candidatou pelo PTB, obteve menos de 7000 votos e ficou longe de se eleger pra deputado estadual pelo Rio de Janeiro. Matérias jornalísticas dão conta de que a candidatura de Fabrício teria sido reprovada, e depois ignorada pela "bolso-família", sendo essa a principal causa do seu fracasso nas urnas.

O próprio militar e empresário confirmou essa tese. Magoado, FQ escreveu em nota que não recebera o apoio esperado e merecido daqueles a quem havia sido leal por mais de 15 anos. Parece que seus aliados de longa data o abandonaram à própria sorte. A ingratidão é um dos mais execráveis desdouros humanos. O estranho é que tenha acontecido entre colegas de farda que costumam ser tão camaradas entre si. Que pena!

No entanto, como nada nesta vida acontece por acaso, eu acho que a malfadada experiência de Queiroz na política deve ter lhe rendido alguns ensinamentos. Ele, que faz questão de se dizer um cristão atento aos escritos bíblicos, deve ter se lembrado da soberba e da humildade, já que a sua intenção inicial era ser deputado federal e não conseguiu vencer nem como estadual. Mas, talvez, o maior ensino esteja mesmo no segundo mandamento do Decálogo: "Não farás para ti nenhum ídolo".

Imagino que, com o revés eleitoral, Queiroz deve voltar-se integralmente para a sua lucrativa atividade no comércio de carros usados. Ele é um craque nisso. A ala conservadora da ALERJ é que deve estar sentida, afinal, a luta anticomunista perdeu um valoroso e leal soldado.

Goiânia, dezembro/2022
Texto inédito

A URBE

UMA DOCE MANHÃ DE DEZEMBRO

Era um risonho mês de dezembro. Cheguei cedo à Universidade para uma reunião com o estatístico. Chico Buarque escreveu em "*Budapeste*" que o húngaro é tão difícil que seria a única língua que o diabo respeita. Penso algo parecido sobre a estatística. Mas vejam que surpresa boa: acho que, por milagre, entendi todos os cálculos, hipóteses e inferências do estudo. O dia começou bem, pensei, com o otimismo costumeiro. As aulas haviam se encerrado e, com a manhã livre, aproveitei pra ir ao centro resolver umas pendências. Desci as escadas da faculdade assoviando e cruzei com alguns dos meus pupilos.

— Bom dia, professor! Boas férias!

— Bom dia, Larissa! Moderação nesse fim de ano, hein?

Entrei no carro e rumei pro centro da cidade. Assomou-me um leve enfado quando me vi em um inexplicável engarrafamento às 9h da manhã. "Trânsito travado numa segunda-feira e a essa hora? Deve ter sido acidente, e com ônibus". Contornei a praça e entrei na Avenida Universitária completamente engarrafada. "Há algo errado". Esqueci do *Spotify* e liguei o rádio. Logo veio a explicação: o anel interno da Praça Cívica havia sido fechado para o lançamento da operação "Boas Festas". Resignei-me ao interminável para-e-segue e volto ao *Spotify*: Marvin Gaye, "*I Heard It Through the Grapevine*". Que som! Que energia tem a *soul music*. Nada como a música para nos abstrair.

As minhas convicções sobre o dia perfeito começaram a ruir quando notei que o combustível estava no vermelho. Suspirei aliviado quando me lembrei de que havia um posto logo à frente. Antes de destravar o tanque, um *insight* me levou a conferir se estava com o cartão do banco. Não estava. Minha mulher o havia pedido no domingo e se esquecera de devolver. Apalpei os bolsos. Vasculhei todas as reentrâncias da carteira na esperança de achar uma oncinha de 50 reais. Todas extintas. Dois reais era todo o patrimônio de que dispunha naquele momento. Sem dinheiro, sem cartão e quase sem gasolina. Impunha-se uma mudança de planos. Elegi a prioridade absoluta: resgatar o cartão.

— Está comigo, amor – lamentou-se ela, com um misto de culpa e compaixão. Estou naquele salão da rua 9, sabe? Não precisa nem entrar, só buzinar na frente que a funcionária te entrega.

O meu idílio inicial já se esvaíra quase por inteiro quando, em função dos desvios, acabei indo parar longe da 9, após dirigir por quase uma hora, com um olho no trânsito e outro no marcador. Desconfio que o tanque do Nissan Sentra tenha algum fundo falso, projetado exatamente para salvar o motorista descuidado (os japoneses pensam em tudo). Continuava engarrafado. Buzinas em coro. Os amarelinhos do trânsito tentavam organizar o caos. Veio a voz da sabedoria: melhor estacionar aqui e seguir a pé. Seria pouco mais de um quilômetro descendo a rua 9 até o final.

Marchei intrépido em direção à única esperança de restaurar a minha paz interior. Na faixa de pedestres, uma senhora com roupa de academia comentou comigo:

— Que absurdo isso, o senhor não acha? Esse prefeito é maluco. Já não basta a rua 90, a marginal Botafogo, a Goiás e agora isso! É muita incompetência!

— A Praça Cívica está fechada, mas foi por ordem do governador – disse-lhe na tentativa de acalmá-la.

— Tudo farinha do mesmo saco! Político é tudo igual. Eles fazem as asneiras deles e a gente é que paga o pato – retrucou a senhora, avançando pela faixa.

A visão das ruas como pedestre é totalmente diferente: mais atenta, mais detida. Subia aquela rua de carro quase todos os dias e ainda não tinha reparado em tantos detalhes. Os grandes ipês, quaresmeiras, sibipirunas. Uma clínica médica: Dr. Nilson Pinto-Urologista (nada mais sugestivo). O Bar Floresta oferece promoção no chope até as 20h. Uma voz interior me repreende: "Nada sucede por acaso. O problema do trânsito serviu para que você enxergasse a sua cidade por um ângulo diferente". Verdade. Quanta informação e beleza haviam me escapado ao trafegar veloz dentro de um carro. *Carpe diem*, filosofei.

Encontrei a minha mulher internada no salão como se estivesse numa UTI dos prazeres. A face serena. A cabeça dentro de um capacete-secador. Uma moça trabalhava suas mãos; outra, os pés. As duas tagarelando sem parar (o trânsito de Goiânia também era um dos assuntos em pauta). O meu objeto de desejo chegou até mim por uma delas: "Tá aqui seu cartão sumido. Pensei que o senhor viesse de carro".

A dona do meu coração despertou do transe, esticou-me o beicinho num beijo e me acenou com as unhas pintadas de *nude*. "Me dê notícias, amor. Terminando aqui, vou pra casa."

Eu não sabia quando voltaria pra casa. Suando em bicas, após subir a rua 9 sob o sol das 11 da manhã, peguei o carro e parei no primeiro posto da avenida Assis Chateaubriand.

— Álcool ou gasolina?

— Cem reais de gasolina, amigo.

Escutei o barulhinho bom da gasolina enchendo a barriga do cavalo de aço japonês. Com a sensação de vitória, entreguei o cartão ao frentista.

— Não autorizado, senhor!

— Você colocou débito?

— Sim, débito.

— Tenta novamente, por gentileza.

— Não autorizado, senhor. Eu coloquei débito.

Respiro fundo. "O que teria acontecido, meu Deus?" – Pedi aos céus uma explicação. Tinha certeza de que havia dinheiro na conta.

— Deve ter bloqueado a senha.

— Tudo bem. Isso acontece. Faz assim: o senhor estaciona seu carro aqui e vai lá no banco resolver. Qual é o seu banco?

— Banco do Brasil.

— Então tá fácil. Logo abaixo da praça Tamandaré tem uma agência. É pertinho.

Mal me sustentava sobre as pernas, quando o atendente da agência me informou:

— Aqui é só pra pessoa jurídica.

— Olha só, eu preciso pagar o posto de gasolina. Deixei meu carro lá. Parece que o meu cartão está bloqueado. Me ajuda, por favor!

— Lamento, senhor, mas aqui é só pra pessoa jurídica mesmo. São regras do banco. Subindo a República do Líbano, logo acima da praça, tem outra agência que atende pessoa física.

Naquela altura, eu me sentia uma pessoa física, psicológica e até juridicamente abalada. Mas continuei a *via crucis* matinal com obstinação beneditina. Atravessei estropiado a Praça Tamandaré até a outra agência. Retirei a senha e fui chamado rapidamente. Parecia que a sorte estava mudando.

— Em que posso ajudá-lo?

O atendente, um sujeito com sotaque carioca, foi muito simpático e eficiente. Digitou uns dois ou três códigos no computador e, em poucos minutos, conseguiu resolver quase todos os meus problemas daquela manhã. De quebra, ainda me deu uma sugestão: "Aqui na esquina tem uma lanchonete. Passa lá, faz um lanche e paga com seu cartão. Só pra você confirmar que a senha foi liberada. Tenha um ótimo dia."

Passei no caixa eletrônico e saquei 220 reais. 222 era o meu capital reincorporado (mais um 2 e seria 2222, o que remete ao Expresso 2222; mais uma vez, a música veio me abstrair). Bom, já tinha o dinheiro pra pagar o frentista. Mas, antes de resgatar o carro, segui o conselho do carioca e fui testar o cartão na lanchonete da esquina.

Eu poderia simplesmente comprar um *Halls diet*, uma barra de cereal ou outro alimento saudável e insípido. Porém o senso de recompensa e rebeldia resolveu transgredir a recomendação médica. "Hoje eu mereço. Às favas com a esteatose hepática. Parceiro, eu vou querer um café preto e três biscoitos de queijo". *Carpe diem!* Hum, que sublime está este biscoito! Fui ao caixa. "Débito". Bzzzz! "Sua via, senhor? "Não, obrigado". Como sobremesa, olho lá fora e saboreio uma doce manhã de dezembro.

Goiânia, dezembro/2019
Crônica inédita

PNEUMONIA E ASPIRINAS

Eu gosto de flanar pelo Centro. Muitas vezes, me pego peregrinando pelos sebos da rua 4 e da Avenida Goiás. Esse *footing* literário é sempre prazeroso, mas a poluição visual irrita os olhos. A Rua do Lazer ficou bonita com as reformas, pena que as construções que a ladeiam não estejam no mesmo *mood*. O edifício Varendy pintado de preto é uma metáfora do luto que paira por ali. Na Avenida Goiás, outro exemplo de mau gosto: a loja chinesa *Jingxiang* tem a frente toda pintada de vermelho. Um arrebique. Um batom barato na boca de uma senhora de 86 anos. É fato: a charmosa arquitetura *Art Déco* de Goiânia (uma das maiores do mundo) vem sendo degradada a cada dia.

Ágil como uma tartaruga de muletas, a prefeitura acena com um novo projeto. Mais um, nessa interminável novela que é a intervenção pública no Centro. A bola da vez, o ReViva Goiânia, prevê isenção de IPTU (por até 2 anos) para moradores e comerciantes que adequarem suas fachadas. O gesto altruísta da municipalidade foi visto com reservas pelo empresariado. O custo das reformas ficaria muito mais alto do que a isenção. Seria como tratar uma pneumonia com aspirinas, disse um líder empresarial. Ele fez uma análise realista, mas também se eximiu da responsabilidade. Esse é o ponto. Essa queda de braço entre a prefeitura e os comerciantes entrava o processo.

No final das contas, tudo é uma questão de investimento. A prefeitura tem dinheiro, mas investe pouco porque a retribuição eleitoral é pequena. Assim, o projeto atual é mais uma *mise-en-scène* política. Na outra ponta, moradores e comerciantes não investem porque não há retorno financeiro. Trocar os painéis coloridos por sóbrias fachadas dos anos 40 e 50 não vai trazer lucro. *Business is business.* Se tomasse para si a questão, a iniciativa privada seria mais efetiva. Nos anos 90, vários sobrados antigos da Lapa foram restaurados, não pela prefeitura do Rio, mas pelos empresários das casas noturnas.

É evidente que a irritação visual não é o único problema do Centro. Há buracos no asfalto, desgaste nas calçadas, muito lixo, muita sujeira, moradores de rua e ambulantes aos borbotões. Falta de segurança. O mercado aberto da Avenida Paranaíba é uma excrescência. Mas, sem dúvida, a restauração das fachadas seria um alento.

Com pálida esperança, eu gostaria de ver a minha Goiânia envelhecendo com dignidade; como uma velhinha catita, bem-vestida, de cabelos brancos e maquiagem suave; não como uma idosa mal resolvida, cheia de *botox* e maquiagem pesada. Perdoem-me pela desesperança, mas vou ter que concordar que a revitalização do Centro de Goiânia é tão difícil quanto tratar uma pneumonia com aspirinas.

Goiânia, março/2020

Publicada originalmente no jornal *O Popular* em 25/03/2020

ENCANTO E DESENCONTRO EM MACEIÓ

Bendita seja a Estomatologia, que possibilitou a minha primeira viagem a Maceió, para participar de um congresso. O sestro de etimologia impõe-se, de cara, e exige que eu inicie este texto explicando o topônimo "Maceió". Encontrei no *Google* que o nome da capital alagoana provém do termo tupi "maçayó" e que significaria "o que tapa o alagadiço". É uma significação coerente porque os índios caetés habitaram a costa alagoana, e o que primeiro vi pela janela do avião foi um lindíssimo estuário de lagoas e canais a desaguar no Atlântico.

Vá contando os sestros, caro leitor. Na conversa do aeroporto até o hotel, uma colega que fora me recepcionar admirou-se com o fato de, mesmo sem nunca ter pisado em Maceió, eu comentar com ela sobre a orla de Pajuçara, um bar na Jatiúca, um museu no Jaraguá e um almoço na Massagueira. "Jura que nunca esteve aqui?". "De pés juntos", respondi. Aflorou-se o segundo sestro: a mania de folhear mapas, bisbilhotar *sites*, *vídeos*, leituras e entrevistas sobre um lugar antes de conhecê-lo. Minha professora de Geografia iria gostar de saber disso.

Antes de falar sobre Maceió, quero (preciso) contar-lhes um pouco da história de um eminente alagoano: Graciliano Ramos. Opa! Eis que surgem misturados o terceiro e o quarto sestros: História e Literatura. Que diabos! O congresso não era de Estomatologia? Era. Mas Estomatologia não é sestro, é profissão. Tanto melhor, um a menos. Pelo jeito, vou finalizar o texto e marcar uma consulta com o psiquiatra.

Voltemos aos sestros misturados. Graciliano Ramos de Oliveira nasceu em Quebrangulo, morou em Viçosa, Buíque-PE, foi prefeito de Palmeira dos Índios e viveu em Maceió de 1930 a 1936, quando foi preso pela ditadura Vargas e enviado, num navio-presídio, para o Rio de Janeiro. Na capital federal, o velho Graça conheceu as agruras do cárcere no presídio da rua Frei Caneca e depois na Ilha Grande. Nunca mais voltou às suas Alagoas, talvez por mágoa e vergonha. Morreu no Rio, em 1953. Aprendi isso lendo a biografia escrita por Dênis de Moraes, corroborando o sestro nº 2.

Agora, vamos lá: aceitando o inevitável reducionismo, aventuro-me a traduzir Maceió em algumas linhas. A despeito da violência estampada nos jornais, do abismo social entre o luxo e a fome, entre a praia e a favela, vi uma cidade amigável, acolhedora, generosa. Vi uma orla bem cuidada. Sorvi a paz de comer moqueca de arabaiana na Massagueira, hipnotizado pelas bonitezas da lagoa Manguaba. Passei uma tarde na Praia do Francês, tomando água de coco, ouvindo uma babel de sotaques e imaginando como devia ser aquela enseada quando nela habitavam os temíveis Caetés que, ao que consta, eram inimigos dos portugueses e amigos dos franceses que deram nome à praia.

Ao descrever a Praia do Francês, reparem se não é o terceiro sestro dando as caras novamente. Vejam vocês que, enquanto todos se deleitavam com o sol, o mar e o *environment* da praia, um sujeito pôs-se a conjecturar o que teria acontecido ali no século XVI. Definitivamente, eu encontro poucos pares nesse mundo.

Depois da praia, andei pelas ruas do Jaraguá. Vi o casario, a beleza dura e rústica da parte histórica. À noitinha, provei camarão na Pajuçara, ouvindo o murmúrio do mar e sentindo a brisa como um acalanto necessário a qualquer mortal. A beleza de Maceió estava na sua tessitura, nas suas células, nos seus genes. Isso era pacífico e ululante.

Concebo, porém, que um cego sairia de Maceió com a mesma sensação que eu tive. Maceió é encantadora não apenas pelo seu privilegiado espaço geográfico, mas pela sua matéria humana.

A formosura está mais no que se sente do que naquilo que se vê. Consigo atribuir ao povo maceioense os mesmos adjetivos que concedi à cidade: amigável, acolhedor, generoso. A estes, somam-se outros atributos humanos: bem-humorado, engraçado, solícito e complacente. Acho que é isso: povo e cidade se misturam e se complementam no mesmo matiz.

Fiquei apenas 5 dias em Maceió, e fui-me embora com a sensação de tê-la provado como um acepipe. O segundo sestro já achou praias ao norte e ao sul, lagoas, riachos e veredas. A Serra da Barriga. O Quilombo dos Palmares. Piranhas e Penedo. Alagoas é uma tapioca, de massa bem-feita, com toques da culinária indígena, africana, portuguesa e francesa, recheada de história e belezas naturais, temperada com o sal do Atlântico e cozida no calor do sertão. Essa iguaria, genuinamente nordestina, merece ser degustada detidamente. Engendro aqui uma convincente justificativa para regressar ao caribe brasileiro.

Outro motivo, ainda mais pertinaz, me fará voltar. Essa primeira viagem frustrou-me o desejo de seguir alguns passos do velho Graça. Intencionava viajar a Quebrangulo e Viçosa. Depois visitaria a Casa Museu Graciliano Ramos em Palmeira dos Índios. Caetés, São Bernardo, Angústia e Vidas Secas giravam em carrossel em minha mente. Mas tive que desistir da empreitada, pois fui informado de que o museu estava em reforma. O desencontro com o velho Graça me deixou desapontado, mas sacramentou o desejo da volta.

O que está demorando mais que o previsto. Culpa da pandemia. Mas o plano está traçado, e é audacioso: sair de Goiânia, de carro, e riscar os sertões de Goiás, Bahia e Sergipe até Alagoas. Viajar de carro mais de dois mil quilômetros? Por que não ir de avião? Responde o quinto sestro: "Porque o meu amo aprecia as longas viagens de carro, ele quer conhecer as estradas, o relevo, a vegetação, saber o nome das cidadezinhas pelo trajeto". Eita camarada cheio de manias! Será que vem mais por aí?

Não vem mais porque o texto está acabando. Já que é clima de despedida, quero fazer as pazes com os meus sestrinhos, inclusive vou trocar-lhes o nome. Esse termo é muito feio. Vou chamá-los de afinidades. Na viagem pra Maceió, elas se tornaram mais nítidas e me afeiçoei a elas. Percebo que se as colocar, todas juntas, no liquidificador, dá um caldo suculento, forte como o de sururu. Nesse sopão, o ingrediente mais importante, aquele que dá sustância, é a literatura. Ela tem me alimentado nesses dias pandêmicos e um dos responsáveis por isso é um alagoano chamado Graciliano Ramos. Até breve, Maceió!

Goiânia, março/2021
Publicada originalmente na Revista *Arribação* em 18/05/2021

CINE PALÁCIO

Escutei Caetano Veloso dizer, numa entrevista, que havia saído da Bahia aos 18 anos contra a sua vontade. Naquele tempo, decerto, preferiria a vida simples e vagarosa de Santo Amaro. Seria funcionário público, pescador, lutaria para purificar o Subaé; mas o destino o jogou no vórtice do mundo (pra nossa sorte).

Quando saí de Teófilo Otoni, na insensatez dos meus 17 anos, eu o fiz de caso pensado. Era um passarinho de voo curto, como tiziu, que queria virar andorinha e migrar pra outras paragens. As aves migratórias buscam alimento farto e clima mais ameno; eu ansiava pelas sabenças (ainda as persigo até hoje). Curioso é que a comichão de sair não cortou o cordão umbilical. Era chegar julho e janeiro e lá estava eu, pisando o solo do Mucuri. Numa dessas idas sazonais, aborreceu-me a notícia da demolição do Cine Palácio.

O primeiro sentimento foi a saudade. Ainda que o tempo imprima em nós certo astigmatismo que nos faz ver o passado sempre tingido de azul, o cinema nos remete aos dias felizes. Grandes amizades, risadas plenas, sobressaltos, namoros, beijos e outras ilicitudes sob a escuridão. As matinês no Palácio tinham cheiro de pipoca e *drops* multicoloridos. Era um mundo gigantesco, desproporcional ao meu tamanho. Antes do filme, o canal 100 mostrava os clássicos do futebol em *close* e câmera lenta; e eu, também em câmera lenta, assistia deslumbrado. Olha, vai começar! Antes, tínhamos que aturar os *slides* comerciais. "Começa logo!", gritava um impaciente. Enfim, as trombetas da 20th Century Fox. Silêncio total. Começava a viagem. Era nosso Cinema Paradiso.

Depois da nostalgia, a pergunta: por que demoliram o Palácio? Distante da cidade e dos fatos, é temerário opinar. Mas tenho cá minhas suspeitas. O capital. Quem derrubou o Cine Palácio foi o capital. Qualquer outro elemento será frágil frente ao *l'argent*.

Pelo que me consta, a Praça Tiradentes é tombada, logo, todos os prédios históricos do entorno da Praça devem (ou deveriam) ser igualmente preservados. Raciocínio tão pertinente quanto ilusório. Os processos legais no Brasil são um convite à transgressão. Primeiro se transgride, depois se discute. Se negocia. Se posterga. Se esquece. Há dois lados: o empresário e o poder público. Por lei, ambos deveriam zelar pelo patrimônio, mas impera o fisiologismo. O empresário, a não ser que seja um mecenas, não preserva esse patrimônio porque não lhe dá lucro. O poder público não o preserva porque é caro e não dá voto. Implicitamente, ambos pensam: "Às favas com a cultura!".

Em verdade, vos digo que há mais um lado nessa história: a população da cidade. Arrisco o palpite de que a maioria das pessoas apoiou a destruição do velho cinema e a construção da iluminada loja de sapatos. Até o nome é mais *chic*. Cine Palácio é como jogo de damas: coisa de velho. Teófilo Otoni precisa do novo, do desenvolvimento, do emprego! Falou-se na geração de 100 novos empregos (mais uma vez, me lembrei do canal 100).

E outra: quem quiser assistir a filmes tem o *Netflix* e outras plataformas de *streaming*, no conforto da sua casa. Que venha o progresso! Penso que cinema, literatura, pintura e história encontram cada vez menos adeptos. O país foi se emburrecendo, tornando-se cada vez mais fisiológico, duro, pragmático. Cultura foi virando mimimi. O Cine Palácio não resistiria mesmo a essa trindade antagônica.

Perdoe-me, leitor progressista, mas a nostalgia me assalta novamente. Teimo em pensar que a história poderia ter sido diferente. Um bem costurado acordo público-privado teria salvo o nosso gigante. Sonhei com o Palácio restaurado, excelso e imponente, ornamentando a praça. Na próxima viagem, me apanharia sentado frouxamente, numa daquelas olorosas poltronas, assistindo a um show de Paulinho Pedra Azul ou rindo com Saulo Laranjeira. Forçando um pouco mais, estaria no jardim, sentado à mesa, bebendo cerveja com velhos amigos e ouvindo chorinho ou MPB.

Se oriente, rapaz, volte pro mundo real. O vetusto Palácio se foi pra sempre. Como *souvenir* lenitivo, resta-me a poltrona de imbuia que comprei na última vez que estive em Teófilo Otoni. Incrível como ainda preserva o mesmo cheiro. De vez em quando, afundo o corpo nela, fecho os olhos e viajo para os tempos do meu Cinema Paradiso.

Goiânia, junho/2020
Publicada originalmente no *Diário Tribuna* em 01/07/2020

GOYAZ VERSUS ANHANGUERA

Faz algumas semanas, um periódico desta capital publicou uma matéria sobre a Avenida Anhanguera e ressaltou a importância da alameda como elo entre cultura, patrimônio e a própria identidade goiana. É verdade: a Anhanguera é um ícone goianiense, urbanístico, histórico e cultural. Um imenso corredor Leste-Oeste por onde transitam automóveis, pessoas e outros seres menos visíveis. Eu adoro o centro. Sou cliente *habitué* dos sebos, das lojas de discos, relojoarias e outros tesouros escondidos ali.

Além dos garimpeiros do *vintage*, o centro é quintal de muitas tribos: comerciantes, fregueses, vendedores, punguistas e moradores de rua são alguns desses operários que se imiscuem naquele mundo vívido e caótico. Tacitamente, a região central é aceita como a parte feia, suja e bagunçada da cidade. Esse foi o modelo imposto pelo mercado e chancelado pelo Estado. A mim, me incomodam as fachadas *Art Déco* adulteradas, a insegurança, os passeios esburacados e ocupados pelo comércio ambulante. Os vendilhões modernos mereciam locais mais apropriados e mais dignos pra ganhar o pão.

A reportagem cita o encontro entre as avenidas Anhanguera e Goiás como um dos cruzamentos mais desordenados de Goiânia e faz menção à estátua do bandeirante, munido de bateia, espada e bacamarte. O cruzamento das avenidas retrata um outro encontro, ocorrido em 1722, entre o Anhanguera (Filho) e os índios goyazes. De fato, houve um confronto. O Anhanguera venceu. Ontem e hoje. A praça e a escultura homenageiam o bandeirante. Os goyazes viraram pó, não somente como um povo, mas como lembrança e reconhecimento do estado que, deles, quis apenas o nome e as terras.

Oficialmente, o monumento traduz a marcha para o oeste, o progresso. Pergunta-se: progresso pra quem? Para os goyazes, representou o extermínio. Genocídio indígena ainda hoje é visto como algo natural. A estátua é emblemática: a bateia é o instrumento que simboliza a busca do ouro goiano; a espada e o bacamarte são utensílios para matar: onças, índios e qualquer outro empecilho à empreitada paulista. Onças, ainda existem algumas nas matas do Araguaia. Goyazes, só nos livros de História.

O vocábulo Goiás dá nome à avenida, ao estado, à primeira capital, ao time de futebol e a muitas outras coisas por aqui. Mas tudo isso me soa raso e desconexo. Penso que há uma dívida histórica com esses índios, e que a memória deles precisa estar mais presente. Tenho uma proposta: substituir a estátua do bandeirante por uma estátua do Índio Goyá, hierática e grandiosa, e o rebatismo da praça como Praça dos Goyazes. A escultura do bandeirante poderia ficar em outro ponto da Anhanguera. Assim, no encontro Goiás versus Anhanguera, venceriam os goyazes, e não o homem que ajudou a extermíná-los.

Goiânia, junho/2021
Publicada originalmente no jornal *Diário da Manhã* em 21/06/2021

VÃO-SE AS ÁRVORES, FICAM AS PLACAS

Há uns 3 meses, funcionários da Secretaria Municipal de Mobilidade estiveram na minha rua e instalaram uma placa de trânsito, dessas de regulamentação, indicando que o condutor só poderia virar à direita. Elogiável e necessária intervenção. Moro numa ruazinha curta, no setor Nova Suíça, onde ainda sobrevivem casas e sobrados. Tínhamos uma vida provinciana até a construção do arranha-céu na esquina com o setor vizinho, o Bueno. O prédio comercial teve efeito nada "bueno" para nós, moradores, que vimos o tráfego de veículos aumentar exponencialmente. Assim, parabenizo a Secretaria pela instalação da placa. Minha queixa é quanto à metodologia.

Imagino que a distância do meio-fio e do cruzamento sejam alguns dos critérios técnicos que norteiam a escolha do local onde será fincada uma placa de trânsito. No entanto, suponho (e também defendo) que esses critérios sejam flexíveis e possam ser revistos de acordo com situações específicas, notadamente no que se refere ao meio ambiente. Aqui está o problema. A placa foi assentada justamente no local onde vicejava uma grande quaresmeira. Esse foi o pecado da árvore: ela estava no lugar errado. Para cumprir a determinação, os agentes públicos mutilaram a planta: cortaram-lhe os galhos, arrancaram-lhe as folhas, violentaram-lhe as flores, as lindas flores roxas.

A placa está lá cumprindo seu papel. A árvore também, mas não como antes: a pobre ficou desajeitada, esquisita; troncha, como se diz lá em Minas. O meu questionamento é, e aqui me dirijo ao senhor Secretário de Mobilidade: a sinalização não poderia ter sido posicionada antes ou depois da árvore? O meio da copa da quaresmeira era o único local da rua que se prestava para o serviço?

Poderiam os leitores perguntar por que não enviei um *e-mail* diretamente à Secretaria reportando a querela. Por que não tratei desse assunto de forma particular? Porque entendo que consciência ecológica não é um assunto particular: é um problema do poder público, da cidade de Goiânia e de todos os seus moradores. Desde que me mudei pra essa rua, já vi tombar uma monumental faveira de bolota, uma palmeira imperial e uma outra quaresmeira. Nenhuma delas estava doente, mas provavelmente estavam "sujando" a rua ou atrapalhando o tráfego.

A nossa quaresmeira está começando a florescer novamente, só de um lado. O que peço é que a placa seja remanejada de local, que deixemos a árvore brotar e readquirir sua copa, que a deixemos viver, nos dar sombra, beleza, oxigênio e abrigo pros passarinhos. O que peço é bom senso. Que a engenharia de trânsito e a mobilidade urbana sejam atuantes, mas não inimigas das árvores de Goiânia. Que fiquem as placas, mas também as árvores.

Goiânia, janeiro/2022
Publicada originalmente no jornal *O Popular* em 13/01/2022

Reconhecimento

Agradeço à Secretaria Municipal de Mobilidade da Prefeitura de Goiânia por ter atendido à minha solicitação de mudança no local de uma placa de trânsito. Alguns dias após a publicação em "O Popular" do meu artigo "Vão-se as árvores, ficam as placas", fui contatado pela assessora de comunicação daquela Secretaria que, muito gentilmente, se prontificou a resolver a questão e, de fato, resolveu.

Fico especialmente satisfeito por ter desencadeado um processo do qual participaram vários atores: o cidadão que escreve um artigo sobre determinado problema, a imprensa que o publica, o gestor que o lê e resolve a questão. Além disso, por meio da publicação, o fato se torna conhecido por boa parte da comunidade que, ao presenciar situações semelhantes, vê-se estimulada a ter uma atitude proativa na preservação da natureza urbana.

Em suma, esse caso corriqueiro foi um belo exercício de cidadania, uma história com final feliz pra todos os envolvidos: o cronista, o jornal, o gestor público, a população de Goiânia e principalmente a quaresmeira, que continuará a enfeitar a cidade com viço, poesia e beleza.

Goiânia, fevereiro/2022
Carta publicada originalmente no jornal *O Popular* em 04/02/2022

RIO VERMELHO, CIDADE CINZENTA

Eu gosto da cidade de Goiás: a feição setecentista me remete a Minas e a quietude me remete a mim mesmo. Gosto também de Pirenópolis, e é curioso que essas duas irmãs quase da mesma idade tenham gênios tão diferentes. Pirenópolis é mais badalada, mais vibrante, enquanto a antiga Vila Boa ou Goiás Velho é mais calma, tem metabolismo mais lento e por isso é um excelente lugar pra se pensar. Faz alguns meses, eu estive na velha capital e essa foi exatamente a minha principal ocupação por lá: pensar, cismar, matutar. Permitam-me dividir com vocês algumas dessas matutações.

Um desses momentos contemplativos ocorreu quando eu estava sentado debaixo de um velho flamboyant às margens do Rio Vermelho. Era uma radiosa manhã de julho, e fiquei lá embebido numa miríade de imagens, sons e sensações. Foi ali que vi, pela primeira vez, patos em cima das casas. Tudo aquilo parecia uma pintura viva: o rio manso e folhoso, os patos alpinistas, os quintais e suas mangueiras centenárias, o desfile imagético e sonoro de papagaios, andorinhas, pássaros-pretos e araras-canindés. Ao longe, a Serra Dourada emoldurava o cenário. Ao centro, a igreja do Rosário o completava. No entanto, por mais belo que fosse, havia algo dissonante, algo enigmático e melancólico.

De imediato, percebi que o traço destoante era justo o mais plástico: a majestosa igreja do Rosário. Ela era linda e se destacava no conjunto, mas parecia uma colagem, uma figura nova sobre um quadro antigo. Poderia me indagar o leitor: "até concordo com a disparidade, mas onde achaste a tristeza?" Não sei. Senti-a na hora, mas só a entendi depois, quando fui aos autos históricos. A dissertação de Euzebio Fernandes de Carvalho me ajudou bastante nesse mister. Minucioso e honesto, Euzebio relata como a igreja original foi claramente usurpada aos homens pretos pelos dominicanos franceses. Uso aqui as palavras do autor: o que houve foi um "*vilipêndio racista do patrimônio material e imaterial das pessoas negras da Cidade de Goiás.*"

É inegável que a atual igreja do Rosário seja um cartão-postal, uma belíssima construção em estilo neogótico. Na parte interna, mais uma preciosidade: os afrescos pintados por frei Confaloni, precursor da arte moderna no estado. A arquitetura e a arte sacra do Rosário são muito bonitas, mas, convenhamos, não têm nada a ver com os pretos e, por justiça, nem deveriam existir. Essa foi a tristeza que me afluiu naquele dia: a beleza estrangeira e imposta que acoberta a mais abjeta manifestação de racismo.

Segundo Euzebio, a elite vilaboense do século XIX, católica, branca e preconceituosa, não admitia que uma igreja de pretos ocupasse área nobre. Para contextualizar, cita a novela histórica "*Sombras em marcha*" e traz o pensamento da personagem Eugênia: "*o povo voltou à humilhante situação de precisar sempre frequentar a igreja de N.S. do Rosário dos pretos. Se uma igreja tinha de cair, que caísse a dos negros. Afinal, pra que é que negro quer igreja?*" A igreja dos negros, de fato, caiu, não por praga de Eugênia, mas por incomodar os brancos. Deu-se assim: o bispo desqualificou a irmandade dos pretos, tachou-os de desordeiros e beberrões e lhes tomou a igreja. Depois a jogaram no chão e ergueram uma nova: a ilegítima igreja do Rosário que existe hoje.

Nessa minha ida a Goiás, fiz questão de percorrer, a pé, boa parte do centro histórico. Escalei ruas de pedra, cruzei pontes de madeira, detive-me nos largos, enamorei-me dos casarões e casas seculares. Numa delas, de porta e janelas azuis, havia uma placa dizendo "*Hugo de Carvalho Ramos, o imortal autor de Tropas e Boiadas, nasceu nesta casa*". Lembrei-me de "*Gente da Gleba*", um dos contos do "Tropas", e fiz o propósito de reler e escrever sobre o menino-prodígio goiano. Vi placas semelhantes em várias outras casas, sempre informando que ali vivera o doutor fulano, o marechal sicrano, o comendador beltrano. Pensei em quanta gente importante havia saído daquele pedacinho escondido do Brasil – isso sem falar em Cora Coralina.

Pensei de novo que reverenciar os filhos ilustres era louvável, mas somente esses mereciam homenagens? Quase todos brancos e ricos.

Onde estavam as referências aos negros e índios daquele rincão? Bem, os índios goyazes foram banidos da face da Terra. Deles, só sobrou mesmo o nome. Consideração maior teve quem os exterminou: a cruz do Anhanguera está lá pra mostrar de quem a cidade quer se lembrar. Os negros resistem, mas continuam sendo escorraçados e silenciados, como aconteceu na história da igreja do Rosário. Que me conste, a poeta Leodegária de Jesus é a única pessoa negra homenageada na cidade de Goiás. Fato, no mínimo, estranho para uma povoação de quase 300 anos e que já foi constituída por um terço de afrodescendentes.

Eu continuo gostando de Goiás, mas depois desta crônica, fiquei com a impressão de que ao longo da história os donos do poder e a própria sociedade local foram passando tinta branca sobre a imanente base negra, e a Vila Boa, que me despontara tão colorida naquela manhã de julho, foi ganhando uma tonalidade cinzenta e triste.

Goiânia, junho/2022
Crônica inédita

TIRADENTES NA PRAIA DO LEBLON

Acordei decidido a mudar de vida. Aquele era o dia perfeito para decretar o fim do meu sedentarismo atávico. Devidamente paramentado com *short*, camiseta e tênis, desci pra sala do café. Eram 7 horas da manhã; no caminho cruzei com algumas jovens senhoras, todas argentinas e louras: "*Miren, chicas. Que hermosísimo día. Vamos pronto a la playa!*" Pandulho quase cheio, andei alguns metros pela Aníbal de Mendonça e logo cheguei à Vieira Souto, na altura do Posto 10. Olhei prum lado, pro outro, lembrei-me da Lígia, com quem o Tom nunca havia ido ao cinema, e decidi tomar o rumo do Leblon.

A rua já estava cheia de gente. Literalmente, porque as pessoas caminhavam e corriam numa das pistas da avenida e não no calçadão. Aí foi que me dei conta de que era feriado: 21 de abril, dia de Tiradentes. Na verdade, o fatídico dia da sua execução, aqui mesmo, nesta cidade de São Sebastião do Rio de Janeiro. Mas isso já faz tempo: foi em 1792, há exatos 230 anos. Será que além deste escrevinhador mineiro, alguém ali se lembrara do inconfidente enforcado? Talvez aquela velhinha solitária sentada debaixo da amendoeira. Talvez nem ela. Soltei a lembrança do conterrâneo e continuei minha caminhadinha leve, mais contemplativa do que física, em direção aos Dois Irmãos.

Eles parecem não se entender – falo dos dois irmãos. O primeiro, mais baixo, dá a impressão de ser sujeito largadão, meio torto, e parece querer se arrancar pros lados da Gávea, seria flamenguista? O segundo, mais alto, reto e hierático, tem o cenho mais fechado e parece querer ou ficar ali mesmo ou ir pro céu. São irmãos de personalidades bem diferentes, como Pedro e Paulo, como Esaú e Jacó. Mas são lindos e se completam nas suas diferenças. São a própria imagem da cidade e seus contrastes: o *Sheraton* e o Vidigal, o tamborim e o punhal.

A praça Zózimo Barroso do Amaral foi meu limite. Dada a ferrugem das articulações, o percurso estava de bom tamanho, tendo em vista que ainda teria que voltar pra Ipanema. Invisível, caminhei até as pedras, sentei-me numa delas, bem próximo da arrebentação, e fiquei ali sorvendo a atmosfera. Velhos e moços se exercitavam sob o sol, uma mulher bonita filmava com o celular e outra, não tão bonita, fazia poses pra um fotógrafo negro de cabelos amarelos. Uma gaivota veio planando, fez um semicírculo para a direita e sumiu no céu pro lado das Ilhas Cagarras. Era um feriado límpido e normal no Rio.

Na volta, parei pra beber uma água de coco. Ao meu lado, a caixa de som tocava uma marchinha de Alberto Ribeiro e Braguinha: "*Eu fui às touradas em Madri, pararatibum bum bum*". Aí foi que eu me lembrei que também era dia de carnaval, o carnaval temporão, como haviam vaticinado Chico e Francis Hime: "*E se o carnaval cair em abril*". Pois é, caiu. Me senti um alienígena por me lembrar de Tiradentes e me esquecer do Carnaval. Isso também era normal. Antes de chegar ao hotel, passou por mim uma moça vestindo uma camiseta onde se lia: "A vida é muito curta pra não morar no Rio de Janeiro". Achei que ela tinha razão e me prometi pensar a respeito.

Rio, abril/2022
Crônica inédita

OS ÓCULOS DO POETA

Faz alguns dias, antes de vir pro Rio, eu li nalgum *site* que os óculos da estátua de Drummond, em Copacabana, haviam sido furtados 12 vezes. A notícia era antiga e não me lembro de como ela chegara até mim (deve ter vindo pelas ondas eletropoéticas). O fato é que fiquei com vontade de escrever a respeito.

Uma semana após a minha chegada, o assunto me visitou novamente. Só que antes de começar a crônica, fiz questão de ir ao Posto 6 pra me certificar se a escultura se encontrava restaurada, se estava inteira. Estava. O poeta continuava lá, sentadinho, com as pernas cruzadas, rodeado por turistas, e de óculos. Isso foi numa sexta-feira; na terça, eles foram subtraídos novamente. A saga da rapinagem ocular se estendia por mais um capítulo.

Eu já imaginava que o furto iria se repetir, mas não exatamente durante a minha estadia no Rio. As ondas eletropoéticas continuavam em ação. Penso que tenham começado a se aproximar quando, há algumas semanas, eu reli "Antologia Poética". Ainda estou me recuperando da perplexidade que aqueles versos me causaram. Drummond verseja com uma profundidade absurda, escreve como um druida, um sacerdote da palavra. Mas o assunto aqui não é a verve do poeta, e sim os seus óculos.

As tais lunetas parecem-lhe apêndices, aparatos indispensáveis da sua fisionomia circunspecta. Sei que começou a usá-los ainda bem jovem. Achei uma fotografia datada de 27/12/1925. Naquele tempo, quando se escrevia "Photo" e "Bello" Horizonte, Drummond aparecia aos 23 anos, de beca, capelo e óculos redondos. Portanto, quando publicou seu primeiro livro, em 1930, já usava óculos. Era por meio deles que o poeta captava seu sentimento do mundo e perscrutava o brejo das almas. Se os vândalos soubessem a importância daqueles óculos para a poesia brasileira, não os arrancariam de forma tão banal. Pobres diabos: como poderiam saber?

A estátua tem uma história *sui generis*. Ela foi criada pelo mineiro Leo Santana a partir de uma fotografia de Rogério Reis que, nos anos 80, conseguira a proeza de retratar o poeta na intimidade. Na época, Rogério fez fotos de Drummond sentado no chão do seu apartamento (aliás, tenho uma dessas fotos aqui na minha parede) e, aproveitando a "lua boa", convidou-o pra irem à praia de Copacabana. Lá, pediu-lhe que se sentasse num banco, de costas para a praia — o que Drummond achou estranhíssimo: um mineiro nunca se sentaria de costas pro mar. Rogério se justificou dizendo que, naquela posição, os leitores veriam o escritor e a praia. E foi assim: da foto se fez a escultura, e desta, a materialização do poeta pra sua cidade.

Infelizmente, a depredação de monumentos históricos é uma prática corriqueira na cidade do Rio de Janeiro. Em Vila Isabel, Noel Rosa já foi alvo de depredadores que lhe arrancaram o sapato, furtaram o copo sobre a mesa e, o que é mais cruel, lhe amputaram o braço esquerdo. Na Praça XV, nem o General Osório, montado num cavalo sobre um pedestal e com aquela cara de bravo, escapou: roubaram-lhe a espada. Outro dia estava indo pegar a barca pra Niterói e vi que Osório continuava desarmado. Da placa "A Osório, o povo. 1894", só a marca. Essa guerra, o general perdera.

Eu gostaria de ser mais otimista e pensar, como Zagallo, que 13 é o número da sorte e que, a partir de agora, o vulto de Drummond terá paz. Mas não consigo, porque sei que nesse caso a numerologia é insuficiente. O vandalismo com as estátuas cariocas é apenas uma escara da nossa enorme gangrena social. Quando vi, pela televisão, as imagens do morador de rua arrancando os óculos do poeta para, provavelmente, convertê-los em droga, vi também a face de um país doente, iletrado e desigual.

Rio, maio/2022
Crônica inédita

PERSONALIDADES E ADMIRAÇÕES

LIMA BARRETO, O RIO E AS PANDEMIAS

Encaixar assunto cronicável pode ser um martírio. *Dias há em que, positivamente, a crônica "não baixa"*, escreveu Vinícius de Moraes em 1962. No meu caso, os temas pululam, mas também se perdem na poeira dos dias. Resolvi retê-los numa lista. Não adiantou. Após algumas semanas, operava-se a seleção natural e eu mesmo os removia. Era um darwinismo literário no qual apenas os fortes sobreviviam.

Lima Barreto era um desses recalcitrantes que não arredavam o pé da minha agenda. Apaixonado pela vida e obra do autor, a ideia de escrever sobre ele se tornara ainda mais forte depois da leitura de *Cronista do Rio*, a elegante coletânea organizada por Beatriz Resende. Vai ficar pra maio, pensei. É o mês do aniversário de Lima e acho que vai ser mais inspirador, dada a importância do preito.

Mas, eis que, em março, a hecatombe microbiológica aporta por aqui. Coronavírus: esse foi o pesadelo que se abateu sobre todos os povos do planeta. China, Coreia, Itália, Espanha, Estados Unidos, Brasil; um a um, os países foram sendo subjugados pela força descomunal de um ser acelular. Um fragmento de DNA com alto poder de destruição. A Covid-19 se alastra e vai deixando um rastro de horror.

Mas o que a pandemia tem a ver com Lima Barreto? Por mais inusitado que pareça, poderia haver aí uma conexão. A gripe espanhola, última grande pandemia mundial, matou 50 milhões de pessoas no mundo. Em 1918, a espanhola chegaria ao Brasil e ao Rio de Lima Barreto, causando quase 15.000 mortes. Algo me intrigava nisso. Com o olhar sempre atento aos acontecimentos da sua cidade, teria Lima Barreto, então com 37 anos, feito referência à terrível pandemia de 1918?

Procurei no *Google* e nada. Em gentil resposta, a professora Beatriz Resende enviou-me *e-mail* reiterando que desconhecia qualquer menção de Lima sobre a gripe espanhola. Artigos de Lilia Schwarcz citam diários nos quais, em 1917 e 1918, Lima Barreto estaria "entregue à bebida", o que o levaria à internação hospitalar em novembro de 1918. Depreende-se que o escritor conviveu com a gripe espanhola. Mais do que isso, sobreviveu a ela. Nos seus delírios etílicos ou nos liames da loucura, ele parece ter transcendido a pandemia. Simbólico. Ainda que não tenha escrito uma linha sobre o tema, Lima Barreto nos lega um ensinamento: transcender, abstrair-se (não necessariamente com o álcool). Talvez, precisemos, sim, de um ópio que nos alivie de tamanha desordem das coisas.

Afonso Henriques de Lima Barreto era descendente de negros escravizados. Tido como escritor maldito, Lima foi um crítico mordaz da política e da sociedade naqueles tempos espremidos entre o ocaso do Império e o alvorecer da República. Fato curioso foi que o seu aniversário de 7 anos coincidiu com a data da assinatura da Lei Áurea. Era o 13 de maio de 1888. Num domingo ensolarado no Rio, o aniversariante fora levado pelo pai ao Largo do Paço para assistir ao momento histórico. Pobre Afonso Henriques. Pobre menino negro que sentiu imensa alegria e sonhou com um país livre e justo naqueles "dias de folgança". Infortúnios e contradições marcariam sua breve trajetória.

No próximo 13 de maio será aniversário de Lima Barreto. Entristece constatar que ele continue como um proscrito na cidade que tanto amou. Procure no mapa do Rio: qual reverência a cidade lhe presta hoje? Onde está o seu nome para que as pessoas se lembrem da sua existência? Alguma rua do Centro por onde perambulou? Alguma praça onde pode ter dormido bêbado? Não, a única Rua Lima Barreto do Rio está em Quintino. A memória do escritor negro continua onde sempre esteve: no subúrbio. A Rua Carlos Sampaio e o busto de Pereira Passos na Avenida Rio Branco provam que, na disputa entre Lima e seus desafetos, eles venceram. Os nomes de políticos, nobres e militares nas ruas do Centro são homenagens tácitas ao poder e ao dinheiro.

Neste tenebroso e despedaçado abril (Walter Salles, presente!) estamos acuados dentro de casa, com medo de sucumbir à Covid-19. Esse inferno vai passar. Vai levar muitas vidas, mas vai passar. Lembrando de Afonso Henriques e das suas lutas inglórias, vemos que os males de outrora cá persistem na nossa *Terra Brasilis*: o racismo, o preconceito, a hipocrisia, as convenções sociais, o falso patriotismo verde-amarelo, o entreguismo ao capital norte-americano, a sobreposição do belo ao socialmente justo. Enfermidades difíceis de curar, endemias nossas que precisamos combater.

Com poucos motivos pra comemorar, senão a força da sua arte, grito: parabéns, Afonso Henriques, pelos seus 139 anos e por nos lembrar que essa podridão maquiada existiu, existe e existirá no nosso pujante Brasil republicano.

Goiânia, abril/2020
Publicada originalmente no *Jornal do Brasil* em 20/04/2020

1891

Datas e acontecimentos históricos me fascinam. Isso talvez advenha de certa curiosidade mórbida que carrego desde menino. De onde vem esse termo? Por que tal rua tem esse nome? Onde e quando nasceu tal autor? E por aí seguem as indagações, como um carro desembestado. É mesmo um vício, um distúrbio. Antes, a fonte era a Barsa. Hoje, o celular (o que intensifica o estranho sestro). A coisa revela-se ainda mais grave quando, além de obter a informação, enleva-me o requinte de preservá-la na memória. Aí, eu invoco a Santa Mnemônica. E funciona mesmo. Usei-a para decorar o nome dos 38 presidentes da República. Na sequência correta. De Deodoro a Bolsonaro.

Por falar em Política e fatos históricos, outro dia fiquei encafifado com o longínquo 1891. Apesar de ser pouco referenciado pela historiografia brasileira, o ano em que Machado publicou Quincas Borba esconde alguns nexos sociopolíticos bem peculiares. Um prato cheio pra este historiófilo inveterado. A jovem República, instaurada após o golpe militar de 1889, ainda capengava. O governo rugia. O povo, desabituado ao guante do autoritarismo, não tugia, nem mugia, mas já suspirava pelo imperador deposto.

Em janeiro, Benjamin Constant, o doutrinador do levante, falece precocemente e não vê a concretização do seu idealizado republicanismo. Sai a nova constituição. Eleito por via indireta, Deodoro da Fonseca torna-se o primeiro presidente; mas o seu governo desastroso duraria apenas 9 meses. Em novembro, a Revolta da Armada catalisa a renúncia do marechal "tarimbeiro". Como um presságio, assume o vice: Floriano Peixoto. A postura firme do Marechal de Ferro inaugura o primeiro "ismo" na política nacional. O ferrenho Florianismo teria uma coerência cartesiana se comparado ao Bolsonarismo. Em dezembro, o imperador falece em Paris, aos 66 anos. Morrem, no mesmo ano, Benjamin Constant e Pedro II: o caçador e a caça.

Impressionante como as figuras de Constant e Pedro II se aproximam e se distanciam. Benjamin era professor por vocação e milico por obrigação. Um idealista e Comtista convicto que ensinava matemática aos netos do imperador. Um sujeito correto, entusiasta das ciências, que protegeu o imperador contra a sanha dos republicanos mais radicais. Pedro II era o governante bonachão, amante dos livros e das artes. O monarca, mesmo sabendo das ideias republicanas de Constant, jamais o perseguiu. Ambos transpiravam probidade e certa ingenuidade. Eram antípodas, mas se respeitavam mutuamente. Ambos eram austeros, ensimesmados, tristes e atormentados por fantasmas do passado. Tendo encontrado a morte no mesmo ano, achavam-se, enfim, do mesmo lado: o lado de lá. Arrisco-me a dizer que conversaram amigavelmente e acertaram as diferenças.

Simbolicamente, naquele turbulento 91, o Brasil perdia o idealismo de Benjamin Constant e a mansidão benevolente de Pedro II. Mau agouro. Otto Lara Resende costumava dizer que saudosismo e pigarro eram cacoetes de velho. Eu já aceitei a velhice. Pigarro, ainda não tenho, mas os dias atuais fizeram-me saudoso. Nutro uma certa saudade imperial que, aliás, é o título da crônica que Otto escreveu em homenagem aos 100 anos de morte de Pedro II, em 05/12/1991. Eu não sou monarquista e reconheço todas as chagas do segundo reinado (a maior delas a escravidão). O saudosismo é do rei e não do reinado.

Após muitos anos, o Brasil está novamente em guerra. Nessa, não lutam apenas as forças de defesa, mas todos os brasileiros. Essa é uma guerra diferente, porque enfrentamos um inimigo microscópico, poderoso, letal. Pra vencer a Covid, não precisamos de bravatas, fanatismo religioso, negação da ciência e ataques à imprensa. Precisávamos (tempo verbal saudosista) sim, do equilíbrio, da sobriedade, do apoio à ciência e da liberdade de imprensa que eram apanágios do adorável barbaçudo que nos deixou em 5 de dezembro de 1891.

Goiânia, junho/2020

Publicada originalmente no *Diário de Pernambuco* em 06/07/2020

QUE CONTI OUTRA

Entre perplexo e indignado, li o artigo do jornalista Mario Sérgio Conti publicado em "O Popular" no primeiro fim de semana do ano. O relançamento simultâneo de 6 livros em prosa de Carlos Drummond de Andrade, incluindo *Confissões de Minas* (o primeiro) e *Moça deitada na grama* (o último), seria motivo para júbilo, mas, segundo Conti, foi decepcionante. Pois bem, usando aqui a prerrogativa de (ainda) vivermos num país democrático, quero discordar veementemente.

Eu não sei se, além das obras mencionadas, Conti havia lido outras crônicas de Drummond. Mas é difícil conceber que a prosa drummondiana seja desqualificada como morna e insossa (palavras do jornalista). Para Conti, a excelência de Drummond é a poesia; como prosador, ele seria sovina e modorrento. Não penso assim. Faço minhas as palavras de Fausto Cunha, quando ele diz que "*o prosador extraordinário não cede passo ao poeta, nem disputa com ele a primazia. São entidades distintas convivendo na mesma figura máxima da literatura brasileira.*"

Na visão de Conti, o desempenho "pífio" de Drummond como prosador residiria no fato de que escrever crônicas não lhe seria uma escolha e sim, uma necessidade. É lógico que o trabalho como cronista de jornal ajudava o poeta a complementar seu minguado vencimento de funcionário público. Porém, assim como aconteceu com Machado, ser burocrata não obstruiu o escritor. O talento e a honestidade literária de Drummond não lhe permitiriam a mesquinhez de escrever qualquer coisa só pra inteirar o orçamento.

Nenhum escriba é genial o tempo todo. Rubem Braga é um excepcional cronista (talvez o maior), mas já escreveu textos pouco inspirados. Drummond também. Normal. Gostaria de sugerir ao jornalista a leitura de algumas crônicas: *Fala, amendoeira; A bolsa; Ficar em casa; Vacina de ano-novo* e *Boca de luar*. Se após a leitura dessas 5 historinhas (como dizia Drummond) ele ainda não conseguir beber da poesia que brota e goteja por entre as linhas, penso que deva reexaminar seus conceitos sobre literatura.

Mais indignado que perplexo, leio que à crônica é atribuída uma mediocridade intrínseca. Arrefeceu-se um pouco minha zanga quando ponderei que o insigne jornalista estaria usando o termo mediocridade no sentido de mediania, algo que não é bom, nem ruim. Tomara, seria menos mal.

De todo modo, não posso concordar que a crônica seja tachada como um gênero inferior e perecível. De Gonçalves Dias a Antonio Prata, a crônica brasileira tem sido um virtuoso e longevo instrumento capaz de distrair, informar e documentar fatos históricos. Não inventamos a crônica (importada da França), mas aqui, nós a aprimoramos. Respeitar a crônica é também respeitar a literatura brasileira.

Goiânia, janeiro/2021
Publicada originalmente no jornal *O Popular* em 06/01/2021

ADMIRÁVEL MUNDO INSÓLITO DE JOSÉ J. VEIGA

É vexatório confessar, mas até bem pouco tempo, eu ainda não havia lido J.J. Veiga. No início dos anos 80, o pré-vestibular para a Universidade Federal de Goiás me apresentou a literatura de Carmo Bernardes, Hugo de Carvalho Ramos e Bernardo Élis. Na faculdade, eu me encantei com a poesia de Cora Coralina. Já naquela época, eu sempre ouvia alguém comentando sobre o Veiga, o que me despertava o interesse em ler algo dele, mas nunca dava certo. Esse atraso foi bom: descobrir a prosa veigueana na madurez e não na juventude pode ter sido bem mais profícuo e duradouro.

Há cerca de 2 anos, no tempo dos dias macios, fruíamos um sábado à noite na Rua do Rosário, em Pirenópolis. Lá, praticávamos o autêntico epicurismo goiano, bebericando, petiscando e jogando conversa fora, quando apareceu um caboclo (em goianês, caboclo é qualquer pessoa) vendendo uns livros de sua própria lavra. Comprei-lhe 2 exemplares e elogiei sua labuta. Trocamos uns dois dedos de prosa e acabamos falando sobre o Veiga. Não poderia ser mais motivador: eu topava com a lembrança do JJ exatamente na terra dele (nascido na fazenda Morro Grande, entre Pirenópolis e Corumbá). Aquele era o empurrãozinho que faltava pra começar a ler o cara.

Poucos meses depois, perambulando por São Paulo, farejei uma livraria nas proximidades da Paulista. Com olhos de ourives e paciência de Jó, fui examinando as intermináveis prateleiras apinhadas de emoções escritas. Sorri, vitorioso, quando achei "*Os cavalinhos de Platiplanto*" e "*Sombras de reis barbudos*". Investi a bagatela de 23 reais. Ô divertimento barato — pensei. Chegando a Goiânia, li "os cavalinhos", escrito em 1959, e deixei os "reis barbudos" descansando na estante. Há 2 meses, li "*A hora dos ruminantes*", de 1966, e, sem intervalo, "*Sombras de reis barbudos*", de 1972. O texto é primoroso porque consegue ser direto, lhano, sem ser trivial. Eu me embrenhava nos labirintos do Veiga.

Embrenhei-me por poucas léguas, é verdade. Os 3 livros são clássicos, mas representam uma gleba no latifúndio ficcional do autor. Além do alumbramento, a leitura ficou-me como aperitivo para futuras incursões. Como Tolstói, Veiga cantou suas aldeias goianas e fez-se universal. Sua matéria era o homem do interior, mas poderia ser o do Rio de Janeiro ou de Londres (intrinsecamente, todos são feitos da mesmíssima substância). Às pacatas vilas interioranas, arcádias de felicidade aparente, Veiga fazia chegar o desconhecido, o fantástico, o insólito. A chegada desse ente perturbador, por vezes hostil e repressivo, e os efeitos dele sobre aquelas vidas pequenas e contidas, é que formariam o mosaico para as estórias do escritor.

José Jacinto Veiga foi um sujeito desbravador. Um bandeirante às avessas, pois o seu ouro era outro. Nasceu na roça, estudou no Lyceu de Goyaz, foi caixeiro das Lojas Pernambucanas. Aos 20 anos, mudou-se pro Rio de Janeiro, onde trabalhou como propagandista de remédios, radialista e escriturário. Obstinado, fez-se advogado na Faculdade Nacional de Direito. Depois, deu vazão à sua alma irrequieta mudando-se para Londres, onde permaneceu por 5 anos, trabalhando na BBC. De volta ao Rio, o amigo goiano de Guimarães Rosa reencontrou seu dom e nos legou uma literatura mágica.

Veiga disse numa entrevista que o que esperava da sua obra era que ela causasse desassossego nos leitores. Eu acho que esse é o seu grande mérito. Tirar-nos da zona de conforto. Nos desassossegar. Levar-nos a especular sobre nossas crenças, medos e fraquezas. Em fevereiro, completam-se 106 anos do nascimento do autor que anda deveras esquecido. Tomara que minha crônica desperte o interesse por essa esmeralda bruta que é José J. Veiga, o genial tecedor do insólito.

Goiânia, fevereiro/2021

Publicada originalmente na *Revista Bula* em 02/02/2021

MARIA, MÚSICA, PROSA E POESIA

À primeira vista, o título desta crônica parece sugerir ao leitor opções religiosas e culturais que ajudem a suportar o insuportável. Se você não pensa como Alexandre Garcia e não considera normal morrerem mais de duas mil pessoas a cada 24 horas, sim, essas seriam algumas alternativas a considerar. Urge buscar o espiritual e, na falta desse, as abstrações e outros lenimentos. Mas eu não vou falar da chaga. Escolho não mirar o mal e sim o paliativo. Com isso, quero resgatar um pouco da arte de Antônio Maria, o escritor pernambucano que completaria 100 anos em 2021.

O centenário do bom Maria (assim Vinícius o chamava) é ensejo para descortinarmos sua produção artística vária e sua própria vida. É fato que o companheiro do Poetinha nas peregrinações boêmias ainda é pouco conhecido. Inclusive eu, escriba displicente, vim a tomar conhecimento dele apenas em 2019, ao ler uma crônica de Xico Sá. No texto, que obviamente versava sobre mesa de bar, o cearense pernambucanizado confessa que Maria era o seu cronista preferido. Aquela revelação me perturbou. Estaria o tal sujeito ombreado com Rubem Braga, Paulo Mendes Campos e Drummond?

Depois do pejo que Xico me causou, fui ler o que Humberto Werneck escrevera sobre Antônio Maria. Veio fascínio e admiração pelo cronista nato, que carregava a máquina de escrever dentro do carro para conseguir forjar seus papiros diários. Quando li "Benditas sejam as moças", acorreu-me uma brutal identificação com aquele estilo espontâneo e singelamente poético. A propósito, "Amanhecer no Margarida's" é uma das crônicas mais exatas e tocantes que já provei. E, respondendo à pergunta do parágrafo anterior: Antônio Maria juntou-se ao cânone dos meus cronistas de estimação.

Quem procurar informações sobre Maria vai se surpreender como esse homem das artes foi pródigo em multiplicar-se em tantos fazeres: jornalista, compositor, radialista, repórter de polícia, produtor de rádio e TV, narrador futebolístico, cronista e, principalmente, boêmio. Sua obra resulta dessa explosão de talentos lapidados numa vida desregrada, intensa e apaixonada. Que rica biografia a ser contada, pensei. Joaquim Ferreira dos Santos também o pensou e nos presenteou com "Um homem chamado Maria", a história de vida desse anjo vadio. Mal posso esperar para saboreá-la.

Antônio Maria despediu-se do mundo em outubro de 1964. Numa madrugada, tomou o seu último bonde na estação Copacabana, aquela que poderíamos chamar de seu *habitat* natural. Aquela Copacabana maviosa e profana assistiu à derradeira partida do seu embaixador mais assíduo. Alguns meses antes da viagem, ele escrevera: "*Cá estou eu a escrever tolices. Com imensa facilidade – convenhamos. Vivemos dias em que é preciso escrever tolices. Há uma dor preponderante em cada coração.*" Voltamos ao tema da abstração. Por isso é que escrevo essas tolices. Porquanto precisamos delas hoje assim como em 1964. Porquanto há uma dor em cada coração. Pelo menos no meu há. Feliz aniversário, Maria.

Goiânia, maio/2021
Publicada originalmente no jornal Diário do Rio em 17/05/2021

VOZES PRETAS

A voz preta tem algo do divino, do intangível. Eu suspeito que, para criá-las, Deus tirava uma tarde livre, escolhia o lugar mais inspirador do Éden e punha-se a esculpir a voz das cantoras negras. Dos cantores negros também, por certo. Mas a voz feminina trazia dois itens especiais: o amor transbordante da mulher e a sensibilidade maternal. E assim, o criador trabalhava. Ia moldando e burilando aquela argila celestial puríssima até surgirem as peças fonéticas magistrais. Depois, escolhia-lhes o idioma. Com a obra pronta, Deus proclamava: "Ide, vozes pretas, ide e encantai o mundo em todas as línguas". Não sou apenas eu quem acredita na afeição de Deus pela palavra cantada: Tagore dizia "Deus me respeita quando eu trabalho. Mas me ama quando eu canto".

Olhemos ao redor. Apuremos nossos ouvidos e reconheçamos essas deidades vocálicas espalhadas pelo planeta. Elas estão em toda parte. As vozes negras famosas, é fácil encontrá-las no *Spotify*. Como eu já disse, o idioma é o que menos importa: todas foram elaboradas com a mesma substância fundamental, todas vieram do mesmo barro estelar. Se me permite, atencioso leitor, quero lhe sugerir algumas degustações musicais que talvez o convençam sobre a sublimidade da voz negra feminina.

Primeiro em inglês, onde existem dezenas delas. Vou prescrever-lhes algumas (aprecie-as sem moderação). Escute Roberta Flack sussurrando "*Killing me softly with his song*". Sinta a pungência e a exatidão de Aretha Franklin em "*I say a little prayer*" (não tem jeito, eu não consigo falar da senhora Aretha Louise Franklin sem me emocionar). Beyoncé, a Vênus de Houston, existe para nos provar que o talento negro não tem idade.

Ouça Beyoncé com os olhos fechados, pois a explosão de beleza em movimento pode ofuscar a maestria vocal da moça. O belíssimo dueto "*Perfect*" é uma oportunidade para percebermos o contraste entre a voz branca de Ed Sheeran (linda) e a voz negra de Beyoncé (linda, plena e magnificente).

Eu já me encantara com Nina Simone gastando o seu francês em "*Ne Me Quitte Pas*", mas quando descobri Miss Dominique e seu inacreditável *french soul*, achei que aprender francês era uma necessidade. De Dominique, recomendo "*Quand Tu Seras Prêt*" pelo menos 3 vezes ao dia. Não tem nada em português não, seu cronista? Tem sim, senhor, e em dois sotaques. Regale-se com a nossa Alcione em dose dupla: "Sufoco" e "Você me vira a cabeça", complemente a terapia com a cabo-verdiana Cesária Évora cantando "Sodade". Aliás, saudade e solidão são temas tristes e bonitos em qualquer dialeto. A peruana Eva Ayllón nos mostra o quanto isso é verdade cantando "Hola Soledad" O timbre quente de Eva é capaz de deixar a língua espanhola ainda mais substanciosa. Qualquer que seja a linguagem, a voz preta acaricia os ouvidos.

No entanto, não é justo se deleitar com a voz negra que canta e se esquecer da voz negra que chora, que grita, que morre. Há mistérios gozosos e mistérios dolorosos. Todos os dias, em todas as partes do mundo, vozes pretas gemem enquanto seus corpos pretos são açoitados, pisados, espancados, sufocados e mortos. Seu Jorge escreveu e Elza Soares cantou: "A carne mais barata do mercado é a carne negra". Grite mais alto, Elza. Que o seu grito agudo incomode aqueles que ainda acham que a carne negra é desprezível. Tomara que, algum dia, a voz preta apenas fale, sussurre ou cante e não mais chore, grite ou implore por justiça, equidade e paz.

Cidade de Goiás, julho/2021
Publicada originalmente no *Jornal Opção* em 10/08/2021

SAMBA EM DESALINHO

A dedicatória escrita com tinta vermelha se apagou com o tempo. Não achei de todo ruim; aquelas letras vermelhas sobre o papel azul e branco, ainda que escritas pelo mestre, me incomodavam. Lembro-me da aflição com que procurei uma caneta azul ou preta para que Monarco autografasse o pôster que eu acabara de comprar. A única que consegui foi uma vermelha, quase rosa (na certa, algum espírito mangueirense quis me espicaçar). Isso foi em 2019, quando estive na Quadra da Portela. A figura da águia, autografada pelo bamba, foi emoldurada e colocada na parede para que constasse que aquela era a casa de um portelense. Ontem, refleti entristecido que, assim como as palavras que ele escrevera no meu pôster, Monarco havia desvanecido.

Eu não saberia dizer ao certo por que virei portelense. Não sou carioca, nem tenho ascendentes no Rio. Sou um reles mineiro morador do Planalto Central; não sou sambista e nem uso camisa de listra, de onde teria vindo esse amor pela Portela? Pensei que pudesse ser pelo azul e branco, iguais aos do meu Cruzeiro. Suspeitei também que pudesse ser por Candeia, Paulinho da Viola, Marisa Monte. Pode ser. As cores e os artistas devem ter contribuído, mas não foi o essencial. Talvez a explicação não esteja neste mundo. É verdade, concebo que a minha afinidade com o Rio, e por extensão com o samba e a Portela, é espiritual, e acho que Monarco tem muito a ver com isso.

Há alguns anos eu estava pesquisando sobre a história do samba e acabei achando uma entrevista do Monarco no *youtube*. Eu pouco o conhecia; obviamente que já ouvira falar do sambista veterano tido como patrimônio do samba carioca; por isso assistira a longa entrevista até o final. O que mais me impressionou naquela conversa (mais até do que o profundo conhecimento de Monarco sobre o samba) foi a sua serenidade e doçura. Eu fiquei encantado com a pureza daquele senhor negro, de fala mansa, de gestos suaves e sorriso sincero. Aí está a conexão espiritual a que me referi. Foi uma afinidade tão espontânea e automática que eu tive a percepção de que éramos amigos há séculos. A partir desse dia, me tornei portelense convicto.

O meu amigo Felipe Lucena, pó de arroz e cronista fino, disse que separa as pessoas em duas categorias: aquelas com quem ele beberia e aquelas com quem ele nunca se sentaria numa mesa de bar, nem se elas lhe pagassem a conta. Pois bem, Monarco estaria entre aquelas com a quais eu beberia um dia inteiro, folgando, lambiscando e jogando conversa fora. Aliás, acredito que já fizemos isso em muitas rodas de samba lá pelas bandas de Madureira e Oswaldo Cruz (mas isso aconteceu no século passado). Mais recentemente, estive, na qualidade de fã, próximo ao Monarco em duas ocasiões: uma na feijoada da Portela, onde ele me deu o autógrafo com a caneta vermelha e outra num show em Goiânia. Nas duas, a mesma impressão de serenidade, complacência e verdade.

No dia 11 de dezembro, um sábado, dia de feijoada e batucada, Hildemar Diniz se foi, deixando o samba em desalinho. Choram seus amigos, seus fãs, seu ninho. Uma enorme paixão lhes devora, alegria partiu, foi embora. Mas outra permanece: a herança e a ternura imorredoura de Monarco. Por isso, neste domingo, Oswaldo Cruz chorou, mas também cantou e dançou no "gurufim" oferecido ao menestrel, que é assim, com alegria, que o Brasil se despede de seus bambas. Vai em paz, mestre. Nos vemos por aí!

Goiânia, dezembro/2021
Publicada originalmente no jornal *Diário do Rio* em 13/12/2021

DISSECANDO JOÃO CABRAL DE MELO NETO

Aos fãs do escritor em tela, preciso advertir que este texto não tem a intenção de esquadrinhar a sua genial literatura (até por uma questão de espaço e *expertise* deste humilde cronista). Àqueles que o desejarem, recomendo os livros do ensaísta e poeta Antônio Carlos Secchin, o maior "cabralólogo" de todos os tempos. Caso o interesse seja a vida do bardo, existe a biografia assinada por Ivan Marques, que ainda não li, mas da qual tenho ótimas referências. Enfim, se o assunto é JCMN, os dois autores o contemplam plenamente. Esta croniqueta propõe algo bem mais simplório.

O que trago aqui é um mero exercício de onomatomancia, palavra complicada que, segundo Caldas Aulete, é a "*arte de adivinhação baseada em supostas correspondências vaticinadoras entre o nome de alguém e as letras que o compõem*". Trocando em miúdos, a onomatomancia acredita que o nome da pessoa traduz muito do que ela é. Otto Lara Resende escreveu sobre isso numa de suas crônicas: "*dize-me o teu nome e dir-te-ei quem és*". Concordo com o Otto: se eu não me chamasse Luciano Alberto de Castro, não seria quem sou. Ao dissecar cada parte do nome João Cabral de Melo Neto, que mais parece um verso do que um nome, vocês irão concordar comigo.

De cara, o prenome João ostenta uma brasilidade orgânica, muito propícia para um diplomata. Além de ser bem brasileiro, João é nome curto, reto, sem ondulações como Aristides ou Bartolomeu. Brasilidade e objetividade são características marcantes do poeta-diplomata. Vamos mais longe: João é também um nome carregado de afeto. Meu filho, por exemplo, se chama João Gabriel; mas gosto de chamá-lo apenas de João: é mais carinhoso, mais familiar. Eis que aflora aqui uma revelação: embora publicamente transpareça ser homem austero, a onomástica sugere que, na intimidade, o vate era uma pessoa amável, a quem os amigos tratavam simplesmente de João.

A etimologia diz que o sobrenome Cabral proveio da cabra, surgiu como uma designação àqueles que moravam em local de criação ou pastagem de cabras. Por isso, o nosso João é também Cabral; a sua substância poética tem a dureza e a rusticidade da cabra. Tanto da cabra branca, nordestina, moxotó, como da cabra-montesa, negra, mediterrânea. Ambas são um tipo de "animal sem folhas, só raiz e talo", um bicho arredio e tenaz que gosta de habitar nas pedras e escarpas. Não há lirismo no viver da cabra, assim como não há lirismo em João Cabral. Seu texto não é, em nada, subjetivo, enlevado, sentimental, mas sólido, áspero, pétreo. Um texto caprino.

O Melo remete a mel, melaço e outras conformações do açúcar. Isso é facilmente dedutível. A genealogia de João Cabral está entranhada na cultura da cana-de-açúcar, nos velhos banguês e suas casas de purgar, nos canaviais que conversam com o mar. Foi nesse universo cortante como a folha da cana que o menino rapsodo forjou sua poesia. Ali, João Cabral fotografou as incongruências e as iniquidades da sociedade severina. Dali, extraiu o melado grosso e amargo que provamos na sua obra.

O Neto é obviamente uma referência ao avô paterno e, por extensão, a toda a dinastia dos Melo em Pernambuco. Mas reparem vocês como a onomatomancia transpassa o óbvio. É sabido que João Cabral era diplomata e viveu muitos anos na Espanha, e por conta disso, as paisagens andaluzes, a dança e própria língua espanhola estão muito presentes na sua poesia. Pois bem, neto em espanhol é um adjetivo que significa "limpo, puro, bem definido". Existe, inclusive, a expressão *contenido neto*, que se refere à quantidade de um produto excluindo-se todos seus invólucros, ou seja, o constituinte puro, a essência. Assim também é JCMN: tutano, âmago, cerne.

Bem, caros leitores, findo o exercício, não sei se consegui convencê-los dos prodígios da onomatomancia. De toda sorte, essa lucubração serve como deferência ao poeta do concreto. Aquele que caminhou desacompanhado na poética brasileira, pois, numa raríssima volição, escolheu desprezar suas digressões internas e voltar-se pra fora, pro objetal, pro antilírico. Relógio, faca, pedra, rio, montanha ou o sertanejo: essa era a matéria que atiçava o engenho inigualável de João Cabral de Melo Neto.

Teófilo Otoni-MG, janeiro/2022

Publicada originalmente no jornal *Diario de Pernambuco* em 19/01/2022

CLARICE EM CLAROS, ESCUROS E SOMBRAS

Ler Clarice Lispector é um soco no estômago. Esse estremecimento não me incomoda; pelo contrário, estimula. Sendo admirador manifesto, tenho a leitura clariceana como uma aventura, uma viagem encantadora e imprescindível, mas entendo que muitos leitores não a considerem assim tão palatável. O texto de Clarice não é linear, não é previsível; intriga, desafia, e por tudo isso, não é fácil. O texto é metáfora da vida.

Conheci pouco da Clarice ficcionista, sua face mais notável, e bem sei que, para além de "A hora da estrela" e alguns contos, há infindáveis mistérios e deslumbramentos. Deixa estar, que eu ainda chego perto daquele coração selvagem. Por hora, quero tricotar com vocês sobre a incursão de Clarice pela crônica de jornal.

Entre 1967 e 1973, Clarice assinou uma coluna semanal no Jornal do Brasil. Para a democracia, aqueles foram anos de chumbo, ferro e outros metais menos nobres. Para a literatura, foram anos de ouro. Nesses seis anos como colunista, a autora saiu da pele dos seus personagens e se mostrou (quase) inteira. A Clarice, antes discreta e distante, revelava sua intimidade e se dava a conhecer por meio de crônicas, entrevistas, pensamentos e anotações. Que sortudos eram aqueles cariocas. Os caras moravam numa cidade tropical, bonita por natureza, tinham o sol, a praia, o chope, a malemolência e, aos sábados, Clarice Lispector. Que repertório magnífico pra amenizar a opressão.

Toda a produção de Clarice para o JB foi reunida no livro "A descoberta do mundo", lançado pela editora Rocco em 1984. Nele temos uma Clarice vivaz, personalíssima, que, inclusive, subverte a costumeira suavidade da crônica. Aliás, nada em Clarice é suave. Tudo é intenso. Por vezes, ela ensaiava um tom mais casual falando sobre as amendoeiras da sua rua ou sobre o mar do Leme, mas logo retomava o menu principal: o incógnito, o etéreo, o abstrato. O JB foi parceiro da arte quando deu liberdade à escritora. Na sua velha Olympia portátil, fiel confidente de madrugadas insones, Clarice registrou seus voos existenciais. Seria um pecado cortar-lhe as asas.

Nas crônicas e outros escritos, Clarice destrinchava o inquietante dualismo vida-morte. Espantoso como o tema é tratado de forma tão profunda e complexa. Embora ela negasse ser hermética, complexidade era uma marca de Clarice. Tentar decodificar "o ovo e a galinha", por exemplo, é um tirocínio desnecessário; nem ela mesmo o entendia. Pra mim, é metalinguagem. Ela gostava do indecifrável. E mais, sugeria que amássemos a dúvida, o vazio, a incompletude. Além da afeição pelo silêncio, Clarice falava que a dor, a tristeza e a solidão não eram fatalidades, mas acontecimentos naturais que também deveriam ser amados. Existir significava doer, ferir-se, sangrar. Pra rebater a crueza da vida, recomendava dois antídotos: o amor e a morte. Amar era essencial (ser amado, talvez). Morrer era refrigério, acalanto pra vida sofrida.

"A descoberta do mundo" é uma joia, só não gosto do título. Entendo-o como mal empregado porque transmite a falsa impressão de que, depois de tanto desmontar-se e reconstruir-se, Clarice enfim descobriria o mundo. Isso não é verdade: Clarice não descobriu, mas aceitou a obscuridade do mundo. Clarice não gostava da resposta, e sim da pergunta. Ela não queria a descoberta, e sim a procura.

Goiânia, janeiro/2022

Publicada originalmente no jornal *Diário de Pernambuco* em 02/02/2022

OS DEMÔNIOS E OS ANJOS DE AUGUSTO

Neste ano da graça de 2022, faz 110 anos que foi publicada a primeira edição de "*Eu*", o único livro de Augusto dos Anjos. Por coincidência, no ano da desgraça de 2021, comecei a ler "*Toda poesia de Augusto dos Anjos*", aprazível tarefa que ora finalizo lendo o poema "*A caridade*", escrito três meses antes da sua morte. Ler e reler Augusto foi saldar uma dívida. Incomodava-me ainda não ter me debruçado sobre aquela poética densa e bizarra que conhecera apenas *en passant* nos idos da minha mocidade.

O contato primeiro foi efêmero, mas significativo. Eu sabia de cor "*Psicologia de um vencido*"; deslumbrava-me, identificava-me com o texto. Declamando "*Versos íntimos*", era capaz de impressionar mocinhas sensíveis: "*Toma um fósforo. Acende teu cigarro! O beijo, amigo, é a véspera do escarro, a mão que afaga é a mesma que apedreja.*" Ah! Os bons tempos das tertúlias etílico-literárias. Pois bem, passada a sazão das rosas, os versos de Augusto me escaparam. Felizmente, os resgato agora, na sazão dos cardos, quando as percepções são mais calmas e judiciosas.

Quando se pensa em Augusto dos Anjos, a impressão que vem é a do poeta mórbido e fúnebre. De fato, ele fala muito da morte; isso porque, sendo sua poesia totalmente comprometida com a existência, o destino inelutável estará sempre presente. Nesse sentido, a obra augustiana não é pessimista; mas realista. É surpreendente como Augusto constrói, num arcabouço soneto-métrica-rima, uma poesia ostensivamente antibelo. Parnasiana na forma, antiparnasiana no cerne. Enquanto Alberto de Oliveira exalta o musgo sedoso e o alegre passarinho, Augusto canta os ventos vagabundos e as feias lagartixas. É a estética do esdrúxulo, do mundo real e sem adereços.

Pra escancarar a realidade crua, Augusto não eufemiza, e recheia a sua poesia com vocabulário duro, científico, "de mau gosto" e tido como antipoético. Obviamente, não concordo com os dois últimos qualificativos. Não existe fórmula poética conceitual. Como disse Ferreira Gullar: "*Todos os elementos da língua são e não são poéticos*". O poeta é livre para dar vazão às suas perplexidades como bem lhe aprouver. Percebe-se que Augusto se vale da escrita para expressar seu profundo desprezo pela condição humana. Desprezo duplo, há que se dizer: pela carne e pela moral, ambos materiais putrescíveis.

O leitor afeiçoado à poesia deve ter percebido que citei alguns versos do Bandeira ao finalizar o segundo parágrafo. São de "Poema do mais triste maio", onde o bardo discorre sobre o envelhecimento. Augusto dos Anjos não teve tempo de envelhecer – morreu aos 30 anos. No entanto, ao observar a nítida diferença de conteúdo entre "Versos íntimos", de 1901, e "A caridade", de 1914, vemos que a sua poesia mudou substancialmente. Se não podemos dizer que tenha envelhecido, podemos inferir que Augusto, em curto espaço de tempo, amadureceu e mudou sua visão de mundo.

Algum tempo após a publicação de "*Eu*", Augusto mudou-se do Rio para Leopoldina. Parecia estar buscando a paz interior. Lá nas montanhas, era professor e continuava a escrever seus versos, mas a tônica havia mudado. O poeta arrebatado, de léxico extravagante, convertera-se no poeta sereno, de linguagem simples. Aquietava-se. Conformava-se. Filosofava no seu refúgio mineiro. Numa carta que deixou poucas semanas antes de partir, Augusto fala da resignação com as dores do mundo e expressa uma atitude positiva, afirmando que tudo na vida sucedia unicamente para o bem.

Quando olhamos pra essa transformação na poesia de Augusto, é importante notar que o objeto permanece o mesmo: o existir; o que muda é a interpretação. O vate continua a demonstrar seu desencanto pela vida material, continua o velho "*coveiro a sepultar quimeras*". Só que, pelas frinchas da campa escura, começam a se elevar jatos de luz. Nos poemas dessa fase, surgem expressões como *mundo superior, imortalidade da substância, portas para o infinito, região etérea, riqueza da alma.* Penso que, na sua rutilante passagem pela Terra, o Augusto mais jovem foi visitado pelos demônios, e o mais maduro, pelos anjos. A literatura talvez prefira o primeiro. Eu, os dois.

Goiânia, março/2022
Crônica inédita

O XANGÔ DA PRESIDENTE WILSON STREET

O fardão caiu como uma luva em Gilberto Gil. Na cerimônia de posse, ocorrida em 08/04/2022, via-se o compositor elegante e orgulhoso em ocupar a cadeira nº 20 e tornar-se o terceiro negro da ABL; os outros dois são Machado de Assis e Domício Proença. Num país de Cruz e Sousa, Lima Barreto, Abdias Nascimento e Milton Santos, a representatividade negra na Academia é baixíssima, lembrando que, dentre as nove acadêmicas – já incluindo Fernanda Montenegro – nenhuma é negra. Historicamente, a ABL foi um território ocupado por literatos e notáveis em sua maioria homens, e brancos. Também por isso, a posse de Gilberto Passos Gil Moreira é um marco.

Ao cruzar os umbrais da Academia, Gil leva a tiracolo um balaio de africanidades. Machado e Domício são, por certo, efígies do povo negro. Mas, com Gil, vamos além da representatividade cutânea, implícita. Gil carrega os tambores de Angola, os repiques do agogô, os terreiros de candomblé, leva o seu "*cesto de alegrias de quintal*". É obvio que, independentemente da cor da pele, seu cabedal poético-musical já seria suficiente, mas é emblemático que uma cadeira da ABL seja ocupada por um artista popular, baiano e negro.

Desde que os nomes de Gilberto Gil e Fernanda Montenegro foram divulgados como eleitos para a ABL, choveram setas venenosas na selva digital. Com a posse dos dois, os ataques se intensificaram. Os lanceiros do ódio, que nunca dormem, continuam lá, no Facebook, Instagram e Twitter, postando frases de indignação e deboche. No meio pecuário, essa aversão é perfeitamente compreensível; estranho seria o contrário: a fauna bolsonarista é tão afeita à cultura quanto o esquimó ao deserto. Lamentável é ver pessoas supostamente esclarecidas, inclusive do meio cultural, se apoiarem no purismo paralisante para qualificar Gil como indigno de pertencer à ABL por não ser escritor.

É preciso esclarecer que esse argumento não se sustenta, não passando de preciosismo ou preconceito enrustido. Gil é, sim, escritor, poeta e letrista em mais de 500 canções, muitas delas verdadeiros poemas musicados, como "Se eu quiser falar com Deus", "A Paz", "Drão", "Domingo no Parque" e tantas outras belezuras. Além das músicas, Gil é coautor de alguns livros, como "Gilberto bem perto" e "Disposições Amoráveis". Fico a imaginar que notórias obras literárias teriam escrito José Maria Paranhos (Barão do Rio Branco), Getúlio Vargas, Marco Maciel, Fernando Henrique Cardoso e Merval Pereira para merecerem figurar no panteão da ABL.

Mesmo que não seja estritamente um literato, não há incoerência na nomeação de um músico. Durante sua existência centenária, a ABL elegeu muitas personalidades fora da Literatura: Santos Dumont, Ivo Pitanguy e Nelson Pereira dos Santos são alguns exemplos. Gilberto Gil é indiscutivelmente um notável da arte brasileira e, na verdade, é o primeiro representante da MPB a ingressar na Academia. Mais um feito. Lembremos que, em 2013, Bob Dylan se tornou o primeiro roqueiro da Academia Americana de Artes e Letras e, em 2016, ganhou o Prêmio Nobel de Literatura. Levantando o estandarte da pluralidade, a ABL, entidade privada, se permitiu acolher expoentes de várias áreas de atuação. Em suma, sendo ou não escritor, o soteropolitano entra para a ABL com todos os méritos.

Gil é filho de Xangô, o orixá guerreiro, dos raios, dos trovões e da justiça. Com quase 80 anos, o artista genuinamente brasileiro que fez a assembleia da ONU dançar ao ritmo de "Toda menina baiana" tira a veste branca e põe o fardão. A força de Xangô agora tomará de assalto a sisuda Academia Brasileira de Letras e, a partir da Avenida Presidente Wilson, no centro do Rio de Janeiro, se irradiará pra todos os confins do Brasil. *Ad immortalitatem*, Gilberto Gil, meu Xangô-Menino de cabelos brancos.

Goiânia, abril/2022
Publicada originalmente no jornal *Diário do Rio* em 11/04/2022

BARÃO DA TORRE, 42

Achei engraçado quando vi que o aplicativo havia enviado um "Idea bege" pra me levar da Avenida Borges de Medeiros, na Lagoa, à Rua Barão da Torre, em Ipanema. Há muito tempo não via um *Fiat Idea*, ainda mais bege. Logo captei a mensagem. Aquilo era um sinal: "Olha, Luciano, ideias beges são raras, mas de vez em quando aparecem. Não as menospreze: elas podem te conduzir a lugares inspiradores". Foi o que aconteceu naquele dia quando uma *Idea* bege me levou ao endereço de Rubem Braga.

Eu não fora convidado a conhecer a cobertura onde viveu o velho Braga (parece que familiares dele moram lá atualmente). Eu era apenas um discípulo seguindo os passos do mestre e tentando absorver traços do seu engenho. Além de ter sido morada do Rubem por mais de 30 anos, aquele prédio guardava uma história singular: nele fora construído um quintal aéreo, um verdadeiro sítio nas alturas.

O caso foi o seguinte: Rubem comprara o apartamento do último andar, o qual dispunha, no seu entorno, de uma enorme área comum: um quintalzão de concreto. Prum sujeito criado no interior, era uma tentação. Aos poucos, o capixaba foi agricultando aquele espaço ocioso: plantava hortaliças aqui, pitangueiras ali, jabuticabeiras acolá. Os síndicos protestavam, mas não houve jeito de evitar que Rubem se tornasse um fazendeiro do ar. Na próxima vinda ao Rio, tentarei visitar o jardim suspenso do Rubem. Por ora, que eles (o jardim e o Rubem) ficassem postos em sossego. Algo bom já acontecera.

Resolvi voltar pro hotel a pé. Eu arranjara uma inexplicável torção no tornozelo esquerdo; ainda assim, teimei em seguir manquitolando até a Visconde de Pirajá. Depois do lendário cego de Ipanema, do Paulinho Mendes Campos, surgia um novo personagem da crônica carioca: o anônimo coxo de Ipanema. Continuei peregrinando naquela babilônia onde os cegos veem, os coxos andam e os surdos ouvem.

No percurso, fui me lembrando de como havia sido o meu reencontro com Rubem Braga, depois do longuíssimo hiato de o haver lido na coletânea "Para gostar de ler". Sem demora, o jorro de reminiscências entregou-me uma translúcida manhã, em Minas, quando eu, correndo os olhos pela estante, encontrara um livrinho de capa azul, fininho e espremido entre os vizinhos: era "Ai de ti, Copacabana". Retirei-o e comecei a ler ali mesmo. O canto do sabiá despertava velhas afinidades e estimulava novos rumos.

Quando concluí a leitura do livro, fiquei tão tocado que escrevi uma crônica, a minha primeira, intitulada "Feliz de ti, Luciano" que, inclusive, foi publicada no prestigioso jornalzinho da família. Eu já gozava do *status* de escritor (pelo menos no seio familiar). No texto, dizia-me feliz por ter reencontrado a literatura, e também pelas agradáveis similaridades entre mim e o Rubem. Muitas. Nascêramos em estados vizinhos, tínhamos o mesmo gosto pelas plantas, pelos passarinhos, pelo retiro. Tínhamos a mesma visão contemplativa e bem-humorada do mundo (quanta modéstia!). Amávamos o mar, as mulheres e o Rio de Janeiro. Resumindo, éramos escritores gêmeos.

Essa empolgação inicial passou, a admiração não. Rubem Braga é uma unanimidade no reino da crônica. O maior entre os maiores. Drummond o chamou de "o poeta do real", Sérgio Porto aplicou-lhe a alcunha de "o sabiá da crônica". Antônio Maria o chamava simplesmente de "o cronista Braga", como se o substantivo fosse inseparável do nome. Eu o chamo de guia, mestre, guru: aquele que me fez gostar da crônica e querer ser cronista. Um amigo a quem visitei há pouco na Rua Barão da Torre, 42.

Rio, abril/2022
Crônica inédita

pólen bold 90 gr/m2
tipologia garamond
impresso no verão de 2023